| 主编·汪剑钊 |

金色俄罗斯
Золотая Россия

地狱里的春天
——波普拉夫斯基诗选

Весна в аду

[俄] 波普拉夫斯基 / 著

汪剑钊 / 译

四川人民出版社

图书在版编目（CIP）数据

地狱里的春天：波普拉夫斯基诗选/（俄罗斯）波
普拉夫斯基著；汪剑钊译. —成都：四川人民出版社，
2020.10
（金色俄罗斯）
ISBN 978－7－220－11954－5

Ⅰ. ①地… Ⅱ. ①波… ②汪… Ⅲ. ①诗集－俄罗斯
－现代 Ⅳ. ①I512.25

中国版本图书馆 CIP 数据核字（2020）第 148318 号

DIYULI DE CHUNTIAN：BOPULAFUSIJI SHIXUAN

地狱里的春天：波普拉夫斯基诗选

［俄］波普拉夫斯基 著 汪剑钊 译

策划组稿	黄立新 张春晓
责任编辑	张 丹
责任校对	申婷婷
装帧设计	张迪茗
责任印制	祝 健
出版发行	四川人民出版社（成都槐树街 2 号）
网 址	http://www.scpph.com
E-mail	scrmcbs@sina.com
新浪微博	@四川人民出版社
微信公众号	四川人民出版社
发行部业务电话	（028）86259624 86259453
防盗版举报电话	（028）86259624
照 排	四川胜翔数码印务设计有限公司
印 刷	成都东江印务有限公司
成品尺寸	140mm×203mm
印 张	13.25
字 数	300 千
版 次	2020 年 10 月第 1 版
印 次	2020 年 10 月第 1 次印刷
书 号	ISBN 978－7－220－11954－5
定 价	70.00 元

金色俄罗斯
Золотая Россия

致敬"金色俄罗斯丛书"译介团队，感谢所有参与者为传播俄罗斯文学、增进中俄两国人民文化交流而做的努力！

汪剑钊 丛书主编、译者，北京外国语大学外国文学研究所教授，博士生导师。

张建华 丛书顾问、译者，北京外国语大学教授。

刘文飞 丛书顾问，中国俄罗斯文学研究会会长。

张　冰 北京师范大学俄语系教授，博士生导师。

赵晓彬 哈尔滨师范大学斯拉夫语学院副院长，博士生导师。

杨玉波 哈尔滨师范大学斯拉夫语学院副教授，文学博士。

郑艳红 中国社会科学院文学博士，绥化学院外国语系教师。

张　猛 北京外国语大学外国文学研究所博士。

李　莉 北京师范大学文学博士，杭州师范大学教授。

顾宏哲 辽宁大学俄语系副教授，硕士生导师。

赵艳秋 复旦大学俄语系副主任，文学博士。

侯炜红　中国社会科学院外国文学研究所俄罗斯文学研究室主任，文学博士。

池济敏　四川大学外国语学院副院长，副教授，文学博士。

飞　白　云南大学外语系教授，浙江省比较文学与外国文学学会名誉会长。

黄　玫　北京外国语大学俄语学院教授，博士生导师。

杨晓笛　北京外国语大学博士，太原理工大学教师。

李玉萍　洛阳理工学院外国语学院教师。

王立业　北京外国语大学俄语学院教授，博士生导师。

邱　鑫　黑龙江大学俄语学院文学博士。

郭靖媛　北京外国语大学外国文学研究所硕士。

薛冉冉　浙江大学外语学院副教授，博士。

温玉霞　西安外国语大学俄语学院教授，博士生导师。

潘月琴　北京外国语大学俄语学院副教授，博士。

余　翔　北京外国语大学外国文学研究所博士。

李春雨　厦门大学外文学院助理教授，博士。

董树丛　北京外国语大学外国文学研究所硕士。

冯昭玙　浙江大学外文系教授。

杜　健　北京师范大学俄语语言文学专业博士。

韩宇琪　北京师范大学俄语语言文学专业博士。

徐　琪　厦门大学外文学院教授，文学博士。

徐曼琳　四川外国语大学俄语系教授，文学博士。

欢迎更多的译者加入"金色俄罗斯丛书"……

（按译作出版时间排序）

四川人民出版社　　文学出版中心

金色的"林中空地"（总序）

汪剑钊

    2014 年 2 月 7 日至 23 日，第二十二届冬奥会在俄罗斯的索契落下帷幕，但其中一些场景却不断在我的脑海回旋。我不是一个体育迷，也无意对其中的各项赛事评头论足。不过，这次冬奥会的开幕式与闭幕式上出色的文艺表演给我留下了深刻的印象，迄今仍然为之感叹不已。它们印证了一个民族对自身文化由衷的热爱和自觉的传承。前后两场典仪上所蕴含的丰厚的人文精髓是不能不让所有观者为之瞩目的。它们再次证明，俄罗斯人之所以能在世界上赢得足够的尊重，并不是凭借自己的快马与军刀，也不是凭借强大的海军或空军，更不是凭借所谓的先进核武器和航母，而是凭借他们在文化和科技上的卓越贡献。正是这些劳动成果擦亮了世界人民的眼睛，引燃了人们眸子里的惊奇。我们知道，武力带给人们的只有恐惧，而文化却值得给予永远的珍爱与敬重。

    众所周知，《战争与和平》是俄罗斯文学的巨擘托尔斯泰所著的一部史诗性小说。小说的开篇便是沙皇的宫廷女官安娜·帕夫洛夫娜家的舞会，这是介绍叙事艺术时经常被提到的一个经典性例子。借助这段描写，托尔斯泰以他的天才之笔将小说中的重要人物一一拈出，为以后的宏大叙事嵌入了一根强劲的楔子。2014年2月7日晚，该届冬奥会开幕式的表演以芭蕾舞的形式再现了这一场景，令我们重温了"战争"前夜的"和平"魅力（我觉得，就一定程度上说，体育竞技堪称是一种和平方式的模拟性战争）。有意思的是，在各国健儿经过十数天的激烈争夺以后，2月23日，闭幕式让体育与文化有了再一次的亲密拥抱。总导演康斯坦丁·恩斯特希望"挑选一些对于世界有影响力的俄罗斯文化，那也是世界文化遗产的一部分"。于是，他请出了在俄罗斯文学史上引以为傲的一部分重量级人物：伴随拉赫玛尼诺夫第二钢琴协奏曲的演奏，普希金、果戈理、屠格涅夫、托尔斯泰、陀思妥耶夫斯基、契诃夫、马雅可夫斯基、阿赫玛托娃、茨维塔耶娃、布尔加科夫、索尔仁尼琴、布罗茨基等经典作家和诗人在冰层上一一复活，与现代人进行了一场超越时空的精神对话。他们留下的文化遗产像雪片似的飘入了每个人的内心，滋润着后来者的灵魂。

美裔英国诗人T. S. 艾略特在《诗的作用和批评的作用》一文中说："一个不再关心其文学传承的民族就会变得野蛮；一个民族如果停止了生产文学，它的思想和感受力就会止步不前。一个民族的诗歌代表了它的意识的最高点，代表了它最强大的力量，也代表了它最为纤细敏锐的感受力。"在世界各民族中，俄罗斯堪称最为关心自己"文学传承"的一个民族，而它辽阔的地理特征则为自己的文学生态提供了一大片培植经典的金色的"林中空地"。迄今，在这片土地上生根发芽并长成参天大树的作家与作品已不计其数。除上述提及的文学巨匠以外，19 世纪的茹科夫斯基、巴拉廷斯基、莱蒙托夫、丘特切夫、别林斯基、赫尔岑、费特等，20 世纪的高尔基、勃洛克、安德列耶夫、什克洛夫斯基、普宁、索洛古勃、吉皮乌斯、苔菲、阿尔志跋绥夫、列米佐夫、什梅廖夫、波普拉夫斯基、哈尔姆斯等，均以自己的创造性劳动进入了经典的行列，向世界展示了俄罗斯奇异的美与力量。

中国与俄罗斯是两个巨人式的邻国，相似的文化传统、相似的历史沿革、相似的地理特征、相似的社会结构和民族特性，为它们的交往搭建了一个开阔的平台。早在 1932 年，鲁迅先生就为这种友谊写下一篇"贺词"——《祝中俄文字之交》，指出中国新文学所受的"启发"，将其看作自己的"导师"和"朋友"。20 世纪 50 年代，由于意识形态的接近，中国与俄国在文化交流上曾出现过一个"蜜月期"，在那个特定的时代，俄罗斯文学几乎就是外国文学的一个代名词。俄罗斯文学史上的一些名著，如《叶甫盖尼·奥涅金》《死魂灵》《贵族之家》《猎人笔记》《战争与和平》《复活》《罪与罚》《第六病室》《丽人吟》《日瓦戈医生》《安魂曲》《没有主人公的叙事诗》《静静的顿河》《带星星的火车票》《林中水滴》《金蔷薇》和《钢铁是怎样炼成的》等，都曾经是坊间耳熟能详的书名，有不少读者甚至能大段大段背诵其中精彩的章节。在一定程度上，我们可以说，翻译成中文的俄罗斯文学作品已构成了中国新文学的一个重要组成部分，成为现代汉语中的经典文本，就像已广为流传的歌曲《莫斯科郊外的晚上》《三套车》《喀秋莎》《山楂树》等一样，后者似乎已理所当然地成为中国的民歌。迄今，它们仍在闪烁金子般的光芒。

不过，作为一座富矿，俄罗斯文学在中文中所显露的仅是冰山一角，大量的宝藏仍在我们有限的视域之外。其中，赫尔岑的人性，丘特切夫的智慧，费特的唯美，洛赫维茨卡娅的激情，索洛古勃与阿尔志跋绥夫在绝望中的希望，苔菲与阿维尔琴科的幽默，什克洛夫斯基的精致，波普拉夫斯基的超现实，哈尔姆斯的怪诞，等等，大多还停留在文学史上的地图式导游。为此，作为某种传承，也是出自传播和介绍的责任，我们编选和翻译了这套"金色俄罗斯丛书"，其目的是进一步挖掘那些依然静卧在俄罗斯文化沃土中的金锭。可以说，被选入本丛书的均是经过了淘洗和淬炼的经典文本，它们都配得上"金色"的荣誉。

行文至此，我们有必要就"经典"的概念略做一点说明。在汉语中，"经典"一词最早出现于《汉书·孙宝传》："周公上圣，召公大贤。尚犹有不相说，著于经典，两不相损。"汉朝是华夏民族展示凝聚力的重要朝代，当时的统治者不仅实现了政治上的统一，而且也希望在文化上设立标杆与范型，亟盼对前代思想交流上的混乱与文化积累上的泥沙俱下状态进行一番清理与厘定。客观地说，它取得了一定的成效，虽说也因此带来了"罢黜百家"的重大弊端。就文学而言，此前通称的"诗三百"也恰恰在那时完成了经典化的过程，被确定为后世一直崇奉的《诗经》。关于"经典"的含义，唐代的刘知幾在《史通·叙事》中有过一个初步的解释："自圣贤述作，是曰经典。"这里，他将圣人与前贤的文字著述纳入经典的范畴，实际是一种互证的做法。因为，历史上那些圣人贤达恰恰是因为他们杰出的言说才获得自己的荣名的。

那么，从现代的角度来看，什么是经典呢？商务印书馆出版的《现代汉语词典》给出了这样的释义：1. 指传统的具有权威性的著作：博览经典。2. 泛指各宗教宣扬教义的根本性著作。不同于词典的抽象与枯涩，意大利著名作家卡尔维诺归纳出了十四条非常感性的定义，其中最为人称道的是其中两条：其一，一部经典作品是一本每次重读都像初读那样带来发现的书；一部经典作品是一本即使我们初读也好像是在重温的书。其二，经典作品是一些产生某种特殊影响的书，它们要么自己以遗忘的方式给我们的想象力打下印记，要么乔装成个人或集体的无意识隐藏在深层记忆中。参照上述定义，我们觉得，经典就是经受住了历史与时间的考验而得以流传的文化结晶，表现为文字或其他传媒方式，在某个领域或范围具有一定的权威性和典范性，可以成为某个民族、甚或整个人类的精神生产的象征与标识。换一个说法，每一部经典都是对时间之流逝的一次成功阻击。经典的诞生与存在可以让时间静止下来，打开又一扇大门，带你进入崭新的世界，为虚幻的人生提供另一种真实。

或许，我们所面临的时代确实如卡尔维诺所说："读经典作品似乎与我们的生活步调不一致，我们的生活步调无法忍受把大段大段的时间或空间让给人本主义者的悠闲；也与我们文化中的精英主义不一致，这种精英主义永远也制定不出一份经典作品的目录来配合我们的时代。"那么，正如沙漠对水的渴望一样，在漠视经典的时代，我们还是要高举经典的大纛，并且以卡尔维诺的另一段话镌刻其上："现在可以做的，就是让我们每个人都发明我们理想的经典藏书室；而我想说，其中一半应该包括我们读过并对我们有所裨益的书，另一些应该是我们打算读并假设对我们有所裨益的书。我们还应该把一部分空间让给意外之书和偶然发现之书。"

愿"金色俄罗斯"能走进你的藏书室，走进你的精神生活，走进你的内心！

地狱里的春天（译序）

在二十世纪的俄罗斯侨民诗歌中，波普拉夫斯基是一位无法被忽略的人物，即便是苛刻如霍达谢维奇这样的大诗人，也由衷地认为："作为一名抒情诗人，波普拉夫斯基无疑是侨民中最有才能的诗人之一，或许，甚至就是最有才能的诗人。"① 可惜的是，由于诗人远离祖国并过早地去世，以及他在诗歌探索上的前卫性，长期以来，这位诗人的名字不仅为中国的俄罗斯文学研究者所陌生，而且也不为他的同胞们所知。九十年代以后，伴随着"开禁"与"回归"的热潮，波普拉夫斯基的名字凭借着他的诗歌回到了阔别多年的祖国，它除了引起人们广泛的阅读兴趣以外，也逐渐出现在俄罗斯各类文学史和研究专著中。随着时间的推移，我们有理由相信，这位诗人的重要性将会得到越来越多的承认。

鲍里斯·波普拉夫斯基（1903－1935）诞生于莫斯科一个音乐世家。父亲尤利安·伊格纳季耶夫，是柴可夫斯基最得意的学生之一，母

---

① 霍达谢维奇：《文学论文与回忆录》，纽约：契诃夫出版社，1954年，第142页。

亲是一名小提琴手。前者原籍为波兰，后者则是波罗的海沿岸的旧贵族后裔。在整个斯拉夫民族中，波兰和俄罗斯的对立由来已久，这里既有政治和历史的原因，也有信仰上的渊源。波兰民族具有强烈的民族弥塞亚主义，它的个性主义特征十分明显，它往往与浪漫主义的激情结合在一起，而在精致、优雅的外表下蕴藏着贵族的傲慢；相比之下，俄罗斯民族的弥塞亚主义则带有普世倾向，禀有特殊的谦卑与怜悯，其民族性格要显得更为朴素、直率和真诚，但有时也会显露出放纵、粗鄙的特点。此外，各自所信奉的天主教与东正教也铸成了两个民族精神深处的差异。这种血缘上的双重背景对波普拉夫斯基的影响殊为重大，诗人一生都在承受着由两种不同的文化所引起的矛盾和冲突。这种体验在诗人侨居国外以后尤为深刻。

1921年，波普拉夫斯基跟随父亲途经君士坦丁堡辗转来到巴黎。来到巴黎的最初几年，他的最大理想是成为一名造型艺术家，为此他到柏林待了两年，在那里他结识了别雷、帕斯捷尔纳克、什克洛夫斯基等具有先锋倾向的诗人和文学家。也正是在柏林，波普拉夫斯基被告知自己缺乏成为雕塑家的天赋，从而坚定了他全身心投入文学的信念。回到巴黎以后，他当过出租车司机，干过各种各样的体力活，有时甚至处在失业的状态中，靠救济金过活。偶或发表一点作品，多半也拿不到稿酬，诗人终生都没有摆脱贫穷的困境。尽管如此，波普拉夫斯基仍然经常去图书馆，阅读大量的文学、哲学作品，晚上经常出没于蒙巴纳斯的艺术家沙龙，在那里接触到不少流亡国外的俄罗斯艺术家、诗人、作家，聆听他们发表形形色色的关于文学与艺术的见解。1928年，《自由俄罗斯》杂志发表了他的八首诗。当时，老一代的侨民作家把持着巴黎、柏林所有的俄语刊物，很少发表圈子以外作家的作品，也不太重视年轻人的创作。像波普拉夫斯基这样名不见经传的文学青年，能够发表诗歌已属不易。因此，这组作品大概只引起了阿达莫维奇一人的关注。不过，从那时开始，波普拉夫斯基便作为诗歌新星进入了俄罗斯侨民文学的圈子。自1929年至1935年，《现代笔记》发表了他的十五首诗。其中以《黑色圣母》一诗令趣味保守的读者刮目相看，赢得了最初的名声。

　　1931年，波普拉夫斯基在蒙巴纳斯遇见了纳塔丽娅·斯托利雅罗娃。相识不久，纳塔丽娅便成了他的未婚妻。有关他们的恋情，波普拉夫斯基写下了一组出色的诗歌《在水的太阳音乐之上》。他们共同出入俄罗斯侨民组织的各种文学活动，一起到郊外踏青，到巴黎周边的小城镇旅行，站在海岸上远眺雾茫茫的海水和天空变幻莫测的云彩。1934年12月，纳塔丽娅随父亲返回苏联。临行前，波普拉夫斯基与她约定，倘若一年以后，她本人不再回到巴黎，而他又能得到她一切平安的消息的话，他就回国去找她。结果是，她的父亲在回国后不久即被枪毙，而她本人也受到了监禁。情人的离去并且杳无音信，让原本就在社会中四处碰壁的诗人更感到生活的残酷。1935年10月8日晚上，波普拉夫斯基在一名吸毒者谢尔盖·亚尔科的唆使下，吸食了过量的海洛因，中毒而死[1]。诗人的死讯震惊了整个俄国侨民界，巴黎各家报纸也纷纷刊发了消息。人们意识到，他们失去的是一个诗歌天才。根据评论家阿达莫

---

　　① 关于波普拉夫斯基的死因，存在着各种各样的猜测，有的意见认为是他杀，有的意见认为是自杀。据说，诗人死后，过了几天，一位自称是谢尔盖·亚尔科的女友的法国女孩，公布了一封这位唆使者在出事当天给她的信，信中说，他已经准备自杀，因为害怕独自死去，准备从熟人中间找一个人陪伴自己。这就是，凑巧诗人成了他的牺牲品。具体论述可参见安·谢登赫的回忆录《远朋近友》，莫斯科：工人出版社，1995年，第260—272页。

维奇的转述，巴黎俄侨知识分子的领袖梅列日科夫斯基曾有过这样一个评价："要证明俄罗斯侨民文学的未来前景，只要举出一个波普拉夫斯基就足够了。"[①] 他的好友在一篇纪念文章中认为，"波普拉夫斯基的死，——不仅仅是他失去了生命。与之同时沉默的还有音乐那最后的浪潮，这是在同时代人中唯有他一人能够听见的音乐。此外，波普拉夫斯基的死，与人类无法解决在大地上最后的孤独有关"[②]。

除公开发表的二十多首诗歌外，波普拉夫斯基生前只在1931年由于得到一位商人的遗孀的资助，出版过一部诗集《旗帜》。这部作品带有比较明显的未来主义色彩，歌颂城市的崛起，对机械文明进行诗意的渲染，对传统的和谐持激烈的否定态度，宣传自我中心和强力主义。不过，为了使自己的作品在更大范围内得到接受，诗人还是有意识地修正了自己写作的音调，让它们变得通俗易懂一些，和马雅可夫斯基、布尔柳克等"给社会趣味一记耳光"的做法不同，从某种程度上说，《旗帜》是他迎合公众趣味的一个尝试。但即便是在这部具有一定媚俗意味的作品中，诗人的才华也没有被完全淹没。与人们对"旗帜"通常所理解的崇高意味不同，波普拉夫斯基把旗帜与尸布结合到一起，"夏日里，多少次你希望死去，被风翻卷成一面旗帜"，他对俄罗斯诗歌流行的悲歌风格进行了革新，不再停留于茹科夫斯基、巴拉廷斯基等的浪漫主义抒情，只制造甜蜜的"忧伤"与"悲哀"，而是充分意识到人类生存的悖论，以逆喻的手段直抵绝望的宿命，有强烈的存在主义色彩。在诗人的作品中，始终贯穿着"不自由""死亡""倦怠""荒诞"等主题，与之

---

① 阿达莫维奇：《孤独与自由》，莫斯科：共和国出版社，1996年，第98页。
② 卡兹达诺夫：《论波普拉夫斯基》，载《现代笔记》，巴黎，1936年第59期。

相伴随的是"噩梦""旗帜""窗口""道路""乌云""地狱""睡眠""坟墓""雪"等形象，给人以悲剧性的提示。他操纵语言，仿佛音乐家操纵音符，自由而潇洒，通过词与词组本身的节奏给出形象，赋予形象各种不确定的因素，让它们在音乐的旋律中不断地呈现，又不断地转瞬即逝，让位于接踵而来的新形象。于是，他写出了这样的诗句："森林里光秃的树权在歌唱／而城市如同一支巨大的圆号"，"死神的利刃在雾中呼啸／砍杀我们的头颅和灵魂／砍杀镜子中的伴侣／和我们的过去与未来"，"温顺的兔子站在他的头顶／毛茸茸的爪子搭着金黄的光轮"。当我们读到这些诗句时，不能不惊叹于作者对语言的敏感。

波普拉夫斯基的其他几部诗集均由他的朋友整理，1936年出版了《下雪时分》，1938年出版了《在蜡制的花环中》，1965年出版了《方向不明的飞艇》。1999年，莫斯科的和睦出版社首次出版了由叶莲娜·梅涅加尔朵收集整理的《自动写作的诗歌》。这几部诗集比较明晰地展示了诗人由未来主义走向超现实主义的整个过程，如果说《下雪时分》还停留于世纪初"白银时代"的文化氛围里，带有对马雅可夫斯基式的未来主义的留恋，《在蜡制的花环中》已经流露出某种向新的写作风格过渡的痕迹，那么，在《方向不明的飞艇》和《自动写作的诗歌》这两部诗集中已显露了作者对超现实主义写作的自觉意识。由于这部分作品基本是诗人在一种隐秘的状态下创作的，他不再为求发表而阉割自己的审美趣味，写作自由在其中得到了淋漓尽致的实现。从某种程度上说，波普拉夫斯基的《方向不明的飞艇》体现出来的自由抒写状态，在精神上与中国的道家十分相近，在诗人的眼中，"我"是宇宙魂的一滴，被偶然地抛掷在有限的时空，在混沌和黑暗中漫游，竭力希望返回原生地，返回那个无梦之梦，因此，"我"既是宇宙的异在，又是它不可分割的一部分。无疑，这与道家的"物我不分"说是相吻合的。老子曰，"天下万物生于有，有生于无"，这就是说，"道"作为世界的本原，是非实有的、超感知的东西；波普拉夫斯基在自己的日记中也有类似的记载："世界的本原是非存在，无论怎样都不能命名和进行解释，它同时又是存在。"[1] 在诗歌中，它被称为"没有边疆的母亲"，既是爱情的开端，也是痛苦的缘由。正如老子在《道德经》中开篇以"道可道，非常道"所表述的那样，飞艇所运行的也不是寻常的轨道，并不指向一个物理意义上非常明确的目的地，而是任凭宇宙的风暴吹送，穿越云雾，穿越银河系，逼近永恒的临界点——"蓝色的深渊"。

诗人不像浪漫主义者那样专注于对情绪的渲染和抒发，也不再如象征主义者那样以象征对应物来表达抽象的理念，而是致力于语言的艺术生成能力，以语言作为诗歌的起点，他认为，"内在的革命开始于语言，不要在习惯的含义上来使用词，尤其是像笑、哭、委屈等，应该找到在这些词中间有着相反含义的语言。为了避免停滞与腐朽，需要让每个瞬间死去，并以新的方式复活。旧的基座妨碍建设新的大楼……"[2] 针对逻辑和理性所造成的局限，波普拉夫斯基主张利用非逻辑的手段来反映世界之偶然性和荒诞性，发掘梦幻与潜意识的合理性，从形象到形象，从词语到词语，把日常生活中看似无法结合在一起的事物相联结，寻找出世界隐秘的同一性，凸现它们内在的联系，在一种陌生化的效果刺激下，体验超越理性思维囿限的快感，在表象的不和谐中追求超现实的和

---

[1] 转引自塔齐谢夫《方向不明的飞艇》，载《同时代人回忆和评价鲍·波普拉夫斯基》，彼得堡：逻各斯出版社，1993年，第127页。

[2] 转引自塔齐谢夫《方向不明的飞艇》，载《同时代人回忆和评价鲍·波普拉夫斯基》，彼得堡：逻各斯出版社，1993年，第127页。

谐，"诗歌的主题，它的神秘主义之核，存在于原初的理解之外；仿佛在窗口之外，它在长号中鸣响，在树林中喧闹，环绕着屋子"。诗人致力于"揭示我们潜意识中的内在恐惧，在火与寒冷之间的整个斗争、失望和犹豫"，他通过戏剧张力所敞开的文本，仿佛是一部诗体笔记的草稿。这就是说，他"据此创造出来的不单是作品，而是诗歌档案，是活生生的感觉，而不是抒情经验的纺织品"①，它们透露的是情感和思想诞生的隐秘世界：希望、绝望、赞美和怜悯。

波普拉夫斯基迷醉于神秘主义的自然力，希望通过写作创造一些"谜一般的景象"，他的诗歌更多地提出问题和猜测，而不是给出答案和谜底。正是从上述美学观出发，诗人叙述道："月亮在浅蓝色的钢琴上／演奏着小夜曲／我们躲到柱廊的背后／探身观看和等待着／但是那比任何人都更怕声音的人／却来击打它的背脊"，在此，月亮被隐喻为生命的存在，蔚蓝的天空仿佛一架巨大的钢琴，流动的世界从喧嚣里逸出，重新回归到音乐的和谐。但是，波普拉夫斯基以特有的敏感发现，在和谐的现实背后还存在着另一个更真实、更残酷的现实，那比任何人更怕声音的"人"——被异化了的生命存在，似乎总不甘心自然与人所达成的和谐，要来击打月亮的背脊，于是，引申出了死亡的主题，"银色的血液流失过多／它的脑袋滚落到／远处黑色的矮树林背后"。在另一首诗中，诗人在时间与空间的互证中，揭示"水"如何跨越"太阳""秋天"而成为"雪"的秘密："石头默默地孕育出水／太阳／静静地沿着那条道路升起／秋天望着金色的远方／泉水在深深的悬崖中沉默／或许上帝那里已

---

① 转引自塔齐谢夫《流亡中的诗人》，载《同时代人回忆和评价鲍·波普拉夫斯基》，彼得堡：逻各斯出版社，1993年，第103页。

经下雪。"平静的语调里透露出冷峻的历史沧桑感。面对波普拉夫斯基的诗歌，需要一种不间断的诵读，才能从中体会到某种温柔和忧伤的音乐，领略形形色色夸张、变形了的超现实主义画面。

综观波普拉夫斯基的整个创作，堪称一部"日记体的忏悔录"，它们所关注的是现代社会的发展与个性的危机之间的冲突，它们是俄罗斯侨民界"人的寻找"的见证，明显地带有二十世纪二三十年代弥漫于欧洲的寻神论因素，亲友们私下里都称他为宗教神秘主义者。哲学家别尔嘉耶夫在自己不多的几篇文学论文之一中指出，波普拉夫斯基是一名真正的受难者，他"感到内心存在着怜悯和残忍的斗争，对生命的爱和对死亡的爱的斗争"，"感到了在自身与上帝之间的黑暗"。因此，别尔嘉耶夫将诗人的创作称为"一颗牺牲和拯救的灵魂的呼声"①。在对待上帝的关系上，波普拉夫斯基比较接近陀思妥耶夫斯基，他拒绝接受那个君临一切、万能的上帝，而是认可一个谦卑的、爱的上帝。对他而言，爱本身具有悲剧性的意味，它不是完满无缺的，不是宏大的、包裹性的，而是以一种碎片的方式存在，在日常生活中像水滴一样渗透在人的灵魂海洋里，更经常地表现为同情、怜悯，有时甚至以恨的面具出现。在此，我们可以发现，和绝大部分俄国作家一样，诗人的美学原则在不知不觉中已为伦理原则所取代，诗歌成为精神探索的形式之一。

波普拉夫斯基在给一位朋友的信中声称："惊奇与怜悯——这是主要的现实性，或者说是诗歌的动力。"② 他的视力和听力在本质上是抒

---

① 别尔嘉耶夫：《关于鲍·波普拉夫斯基的〈日记〉》，载《现代笔记》，巴黎，1939年第68期。

② 参见尤·伊瓦斯克《鲍·波普拉夫斯基（1903 — 1935）的复活》，载《同时代人回忆和评价鲍·波普拉夫斯基》，彼得堡：逻各斯出版社，1993年，第160页。

情的，总是能够像初次接触世界那样去看、去听、去感受。固然，诗人的艺术追求包含着对生命的神圣性的追求。不过，这种追求首先是对神奇性的追求，在他看来，神奇性可以把人们带离现实，带离诗人根本无法适应的现实。超现实主义的自动写作则为这种带离提供了无限的可能性，它破除了世界的确定性和停滞性，在更多的情况下，如同水波荡漾的水面，以流动和碎片的方式来反映所描述的对象，正是在这种可能性的实验中，诗人得以"在恒久的变化中"寻找"个性不变的内核"，捕捉到深藏于个性那原初的美。于是，我们看到，波普拉夫斯基如是自动地书写："黑夜的声音，倦怠——/钢笔就这样从手中掉落/手就这样从手中掉落/而梦站立起来/目光就这样跌向离别那神圣的声音/一切谈话就这样消失/有什么办法，我的朋友/很快尽管也并不很快/我们将真的能见面。"

著名的俄罗斯流亡文学研究专家格列勃·司徒卢威在自己的一部专著中如是说："倘若在巴黎的作家和批评家中间做一项调查，谁是年轻一代侨民中最重要的诗人，毫无疑问，绝大部分意见都会认定是波普拉夫斯基。"[①] 作为一名承受着物质和精神双重流亡的诗人，波普拉夫斯基在捕捉了诗歌的生存论本质以后，进行了一系列形式的实验，在批判性地继承传统的意义上，对二十世纪的俄语诗歌做出了巨大的贡献，无疑，仅此而论，他的创作实绩也当得起司徒卢威的上述判断。

---

① 司徒卢威：《流亡中的俄罗斯文学》，莫斯科：俄罗斯之路出版社，1996 年增订版，第 226 页。

目 录
Contents

鹰　群　/001

化　石　/003

社会的水多么地冰凉　/005

反　感　/007

在蜡制花环中　/008

静　止　/010

神奇的路灯　/012

两重王国　/014

不择手段地吞噬　/016

在与冰雪的斗争中　/018

雨　水　/020

感伤的魔鬼学　/022

地狱天使　/025

与梦幻的斗争 /027

仿茹科夫斯基 /029

地狱里的春天 /031

否定的一极沉默不语 /033

星辰世界 /035

PAYSAGE D'ENFER /038

星星地狱 /040

阿尔多尔·兰波 /042

黑色圣母 /046

DIABOLIQUE /049

黎 明 /052

怜悯心 /054

玫瑰时辰在黎明时分的世界上空漂浮 /056

死亡的玫瑰 /058

美妙的黄昏充满了微笑与声响 /060

月亮飞艇 /062

瓶中发现的手稿 /065

哈姆雷特 /067

旗 帜 /069

罗马的早晨 /071

生命女神 /073

哈姆雷特的童年 /076

姑娘回来了 /078

黑兔子 /080

HOMMAGE A PABLO PICASSO /082

圣母升天节 /085

音乐的精神 /087

ANGELIQUE /089

在远方 /092

冬 天 /094

回忆——即复活 /096

死 岛 /098

空气的精神 /100

LUMIERE ASTRALE /102

世界幽暗、冰凉、透明 /104

太阳缓慢地下山 /106

雪花降落在赤裸的大马路上 /108

冬日在静止不动的天空 /110

水在山中喧哗 /112

黄昏在大地的上空闪烁 /117

青草在滋生 /119

月轮儿在高架桥背后消失 /121

灰蒙蒙的月 /122

子夜的星辰 /124

城市静悄悄地喧响　/126

你不要去眺望天空　/127

不可回归的旷野　/129

衰弱的白昼奄奄一息　/131

傍晚的暮色在道路上空闪烁　/133

在灵魂的沉默中灯盏被点燃　/135

多么寒冷　/136

台球在咖啡馆里撞击　/138

圆球在绿色的旷野上撞击　/140

在灰暗的日子　/142

首先在飞舞的雪暴背后　/143

火焰在河对岸熊熊燃烧　/145

马儿蹬踏着柏油马路　/147

IL NEIGE SUR LA VILLE　/149

又一次在蜡制花环中　/152

你已疲倦　/154

早春，一切都那么安静　/156

纤弱的石楠花在死亡的边缘开放　/158

我做了一个梦　/160

人们带着火　/162

自然之友　/164

金色的影子躺进了夕光　/166

在黄色的天空上 /168

黄昏闪烁 /170

不要对我谈论雪花的沉默 /172

上帝诞生于大地 /174

在水的太阳音乐之上 /175

夏天的黄昏幽暗而沉重 /177

自天空回家 /180

没有边界的母亲 /183

一旦牛奶搅浑了清水 /185

在土地的贫瘠之上 /186

我的朋友们 /188

冬日的悲哀挤压着我的心脏 /189

你的灵魂 /191

秋天闪烁，变幻不定 /193

你说：我面临毁灭的危险 /194

无感的雪花向上飞腾 /196

白昼黯淡 /198

灵魂因为悲哀而略显肿胀 /200

命运的脸庞闪烁真正的光彩 /202

你的日子踮起柔软的爪子奔跑 /204

我喜欢这一个时刻 /206

你是子夜的中暑 /208

神圣的月亮将在灵魂中 /210

夕阳在疯狂的屋子上空燃烧 /213

绿色恐怖 /215

霞光倒映在冰凉的灵魂中 /218

古老的历史充满了 /220

我的月亮 /223

光芒蓝色的灵魂 /226

秋天在生命之墙的背后徘徊 /228

深夜围绕着乐队的号角旋转 /230

记 忆 /232

在森林中 /233

徒然的音乐 /234

祈 祷 /235

诗 /237

洪水的日子 /239

地狱里的春天 /241

达赖喇嘛宫中的一间屋 /243

夜 宿 /244

退 却 /246

来自蒙得维的亚的诗人 /248

年 轮 /250

方向不明的旅行 /251

懊　悔 /253

印特喇的舞蹈 /255

在轮渡旁 /256

从瞬间里渗出的永恒 /257

老　师 /258

有过恐怖的寒冷 /259

瞌　睡 /260

在飞机场上打破高空的纪录 /261

还没有任何人知道 /262

谁知道？ /263

我们啜饮鲜艳的柠檬 /264

银莲花的低鸣沉睡在电中 /265

为什么痛苦不会过去？ /266

哦，钟声 /267

天空的声音几乎听不见 /269

轮子，鬈发，六指手掌和照片 /270

幸福的塑像 /271

白桦树崇高的生命 /272

月亮在浅蓝色的钢琴上 /273

你是谁？ /274

幸福的纸牌和悲伤的纸牌 /276

从四个角度否定世界 /277

砸碎锁链 /278

七月过去了 /279

隐士在氯仿麻醉下歌唱 /280

轮子歌唱 /281

火轮船散发着烟雾 /282

黑夜永恒的空气谈论着你 /283

我在你的边界上生活 /284

紫罗兰在地下室中玩耍 /285

饥饿的人仰望着天空 /286

你别着急去看什么人 /287

地下室的太阳在铁链上行走 /288

建筑倒塌 /289

安静点，灵魂 /290

这块石头的诞生非常恐怖 /292

灰蓝的白昼非常偶然地牺牲 /293

十字交叉的风 /294

一切非常恐怖一切非常静谧的东西 /296

疲倦者的歌唱之链 /297

从激动的音乐家狂热的手中 /298

我们忘掉了早晨 /299

火车头在非洲喧闹 /300

沉默的撒哈拉一片静谧 /302

我们梦见了这些声音的流浪 /304

脸色苍白的书籍亲近一只只铁手 /305

不同的城市上空闪烁着相同的星星 /306

高的世界可怕地安静 /307

告别视觉的永恒 /309

谁记得心脏病的发作 /311

没有人可以去其他地方 /312

柠檬树的忧郁 /313

在未来的生活中应该如此 /314

我感到寒冷 /315

音乐在地底响起 /316

远方鸟儿的意志 /317

那从海底浮起的事物 /318

什么和您在一起？ /319

天堂日子的尽头 /320

太阳，请从光明中醒来 /321

天空是一个幻影 /322

沉重的天使在地底下躺卧 /323

没有人知道瞬间的链环 /324

街道点燃了自己的火焰 /325

街道湿漉漉 /326

夜伫立在白色的道路上 /327

没有人能够放弃 /328

谁走到了中间 /329

太阳久久地徘徊 /330

一切安谧 /332

石头默默地孕育出水 /333

在天空白色的外表上 /334

当幽灵感到疲倦的时候 /335

雕像在读书 /336

书籍在塔楼里窃窃私语 /337

书籍在议论 /338

又一次在东方 /339

空旷的屋子充满了玻璃 /340

滚动的城市的双手 /341

永恒晃动着海水 /342

玫瑰色玻璃的永恒 /343

太阳掉落到冰凉的水中 /344

一根尖锐的金刺 /345

小小的生命演奏着钢琴 /346

电灯点燃 /347

雨浪遮掩了树的骷髅 /348

金色的远方 /349

精神自动地疯狂歌唱 /350

离别的雪花洁白 /351

那触及我的东西居住在太阳中 /352

阳历年和阴历年是相等的 /353

恐惧就这样诞生 /354

安静，悲伤 /355

在白昼灵魂的幽暗中 /356

海岸遥远 /357

星星，玫瑰，云彩 /358

温柔的天平 /359

时间燃烧 /360

报纸的手 /361

别苦恼了 /362

我掉入太阳 /363

放声歌唱吧 /364

安宁的金子 /366

死者是轻松的 /367

在炼金术士的高脚杯中 /368

灼热，夕光中的命运 /369

月亮太阳和金色的声音 /370

黑夜的声音 /371

蓝天的玻璃 /372

不朽的灵魂摇晃月亮蓝色的水 /373

命运的脚髁由金子做成　/374

白色的天空　/375

雨的金尘和黄昏　/376

黄昏飞驰　/377

神圣的空洞的金球　/379

太阳不知道　/380

强者的虚弱　/381

坐落在峰顶的湖泊　/382

字母在词典里感到寂寞　/383

相信或者不相信　/384

关于奇迹的歌　/385

云彩厌倦了飞翔　/386

你们是谁，骄傲的精灵？　/387

鹰　群

我记得帆船那上了漆的翅膀，
沉默和谎言。飞吧，夕阳，飞吧。
克里斯托夫·哥伦布就这样对船队
掩饰了整个航程的悲壮。

舵手弓曲着的背脊
被橘黄的荣誉所笼罩。
白胡子蜷曲在坚硬的帽檐下，
而我们在后面，恰似一只双头鹰。

我在太阳光下眯缝起眼睛端详；
太阳在天空中越飞越高，
张大了雪白而冷漠的尖喙，
眨巴着眼睛，威胁来往的旅人。

你已经威胁了我十八天，
第十九天上，你变得柔弱而苍白。

夕阳抛弃玩腻味了的窗玻璃，

窗玻璃顷刻间变得刺骨地冰凉。

秋雾在帆船的上空袅袅升起，

我们的幸福缓慢地降临在船舱，

可是，我们的船长却对船队

掩饰了整个航程的悲壮。

1923①

---

① 波普拉夫斯基的诗歌有的署有日期，有的没有署日期。

化　石

我们出门。但幕布不由自主地落下。

哦，黄昏那冰凉的幕布，

滑过冰雪覆盖的时光，

在石头上盘旋一阵便消失。

岛上的建筑凝然不动，

寒意在波涛之上庄严地漂浮。

那是冬天。在殷红的晚霞中，

不轻信人言的多玛①攥紧了手指。

你用雨伞去刺戳留在雪地上的

脚印，恰似匕首的锋刃，

我浅紫色的手儿僵硬无比，

放在长凳上，如同一块化石。

---

① 在《圣经》传说中，使徒多玛起初并不相信基督复活的消息。

城市的上空，冬天向我们飘来，

唉，可我们并没把它期待，

仿佛天空，贪婪地

吞噬了越来越多的城市。

1923

社会的水多么地冰凉

"社会的水多么地冰凉"——
您说道，眼睛俯视下面。
云雾向石质飞檐之外飘飞，
那里，冻结的马车辘辘作响。

四点钟在屋顶之上发蓝，
我们走在柏油马路的冰层上，
我觉得：如今我的呼喊
与引诱水手的塞壬非常相像。

但越走就越能使你高兴，
罪犯也这样与刽子手一起发笑；
有轨电车这匹骏马鸣叫着飞近，
站在背后安静地缄口不语。

我们道别；须知，我们不会永远
为早已过去的临近而感到羞愧，

恰似沿着滨河街走过的秋天，

再不会沿着自己的足迹返回。

反　感

对聋哑人而言，收容所的灵魂

正在接受训练，可先知已被治愈；

在挺拔的医院大楼中间，

她边走边与每个相遇者道别。

母亲转过黑色的大眼睛，

严厉地对待陌生的孩子，

当他们带着行囊奔向车站的大厅，

舒服地坐进有轨马车的角落；

从那时开始，有过多少次，

她希望能够重新变得又聋又哑，

可以从容地面对过于明白的词语，

他们就像一支致命的飞箭。

哪怕她前去履行自己的职责，

走进前面提及的收容所，

可以充耳不闻下流友谊的词语

和如此饶舌的爱情的词语。

1923

在蜡制花环中

（致亚历山大·勃拉斯腊夫斯基）

我们小心守护温煦的闲暇，
不由分说地躲避开幸福。
森林里光秃的树杈在歌唱，
而城市如同一支巨大的圆号。

在末日之前玩笑是多么甜蜜，
第一个与最后一个都了解这一点。
须知，一个人无影无踪地消失，
比扮演天使的演员更为彻底。

透明的风笨拙地重复你的
话语。雪花顷刻落下。死去吧，你。
谁能够与无耻的黄昏争论，
预先提醒晚霞的沉默。

十月在旋转，像灰白的鹞鹰，
灰色的羽毛飘飞于空中。
但是，用建筑石膏雕塑的
灵魂之山羊却什么都看不见。

冰冷的节日快快地消退，
雾岚时而上山时而又下山。
我记得，死神曾对青年的我歌唱：
你不要去等待命中注定的时刻。

1924

静　止

有风的日子格外地高远，
格外地寂静，格外地轻盈。
我在镜子里看到遗传的鬓角，
拱起的静脉和瘦弱的西装。

我的心脏病将置人于死地，
死亡——是血液高涨的喧嚣。
可是，对它们进行反抗，
比阻隔星期四的爬行更加徒劳。

在我的头顶，在白昼的月亮下，
在瞄准器上无情的郁闷旁边，
空气轻轻地摆动，
流淌，并没有确定的目标。

而风儿降临到壁炉上，
仿佛潜水员进入遇难的沉船，

看见船舱中有一名溺水者
正茫然地盯视着空荡荡的海水。

1924

神奇的路灯

凶恶的抽烟者吐送着岁月的圆圈，
烟雾从屋顶上无力地垂挂下来：
他或许是酒鬼，或许是掘墓人，
或许是短期驻扎的士兵。

艺术轻而易举地俘虏了
我懒惰的理智，我抽一颗烟，
可突然，他在浓稠的空气里消失，
唯有烟斗在椅子上闪烁火花。

在小小的灯罩的太阳下，
香烟王国在漂浮，漂浮。
有时，我感到无比地幸福，
有时，我又暗暗地责备自己。

建造一个烟雾的天空多么惬意。
这是一个可耻的成果。

春天漂来，春天漂向夏天，

生命疏忽大意地撤退进死亡。

1924

两重王国

（致尤里·罗加列—列维茨基）

死神的利刃在雾中呼啸，
砍杀我们的头颅和灵魂。
砍杀玻璃镜中的伴侣，
我们的过去与未来。

一群群淘气的梦幻麻雀
啄食蠕动着的脑髓。
他像蜂蜡一样，从阳光下的
幻影滴落到地上。

黑色的血液和白色的血液
注满了破损的血管。
而在两副灵柩里各自装载着
不相等的身体的一半。

我被埋葬于两个墓地，

一半入地，另一半上天；

我所热爱的两位天神

完成了两种不同的圣礼。

1924

不择手段地吞噬

（致伊利亚·兹达涅维奇）

十四行诗的花冠帮助我更好地生活，

我马上记录，可帮助并不可靠，

沿着宽沟的堤岸快速攀爬。

胳膊肘的战栗在稿纸上奔跑。

灵魂的熊穴空空荡荡，

里面有一只瓶子和一张报纸。

在城市的动物园，像犹太人似的，

男主人徘徊在寨墙的尖柱旁。

我们的生活被高于人类的强力控制，

追逐着世纪的娱乐，

陷入命运狭小的监狱。

对奔跑而言，只剩下五步之遥，

五个抑扬格，语词痛苦的安逸

为的是让野兽永远不忘自由。

1925

在与冰雪的斗争中

在白色的屋顶上有白色的积雪，
低低的簌簌声，若有若无的白色。
我三步并作两步走，匆匆忙忙，
可还是赶不上。已经冻结。没办法！

这些语言的游戏可以粉碎一头驴子，
可我是一头铁驴，我永远
爱惜果冻，外表坚硬，内里虚弱，
事实如此！请你好好珍惜！

我已忘掉。哦，你要记住！不，我就要死去。
冰雪正在消融。屋子徒劳地塌陷。
起重机冲向无底的深渊，
黑夜奔向黎明。每个清晨都有毁灭。

可是，我再一次摁响正门的门铃。

有人迎接我。我想，是维拉①！我想，

我冰凉的旅途即将结束，

但你已死去，早已死去！……我多么苦闷。

1925

①　维拉通常为女性的名字，也有信仰之意。

雨 水

（致弗拉基米尔·斯维什尼科夫）

布篷鼓胀，仿佛一张白色的船帆。

无精打采的人们走出教堂，

不知道为什么，风突然发怒，

旋即平静。它任性又淘气。

在我们周围，仿佛在非人间的花园，

圆桶似的修道院晃荡不已，

留声机高声歌唱，不可思议的

甜美，仿佛在地狱里的奥尔甫斯①。

"可怜的朋友，再活上四分之一的生命，

再有四分之一的希望就足够。

为自身的罪孽承受四分之一的责难，

---

① 奥尔甫斯，又译作奥尔弗斯。希腊神话中的人物，被视为诗人和音乐家的典范。——编者注

然后，忍受弥留之际四分之一的恐惧。

我这样希望，我任性地幸福，

我是迷雾中任性的黑光，

我拒绝参与任何事情，

我拒绝在这个世界上生活。"

黄昏已经潜入小饭馆的深处，

我们已经烂醉如泥，仿佛凋零的花朵。

光亮在世界的顶峰升起，

然后，在那里微笑着死去。

有时，仿佛雨水泼溅下来。

我不记得，我们中的哪一个默默地

站起来，聆听放映机像门铃似的

响起第一阵哒哒声。

1925—1929

感伤的魔鬼学

（致米哈伊尔·拉里奥诺夫）

白昼在下降，它变得无比蔫巴，

雨的手指旋转透明的天体仪，

上帝呼唤我，但我没有应答。

我们自我限制并咒骂胆怯。

鞠躬行礼。告别。那么，既然如此，

我走进俱乐部：去寻找恶鬼的纸牌吧。

找到了，拘谨地相识，老实人，

但他的回答却是：我从课桌就知道了您。

您是否记得，某个寒冷的一天，

您坐着雪橇来到了城外，

叙述某些琐碎的事情，

我就是来自巴黎的卷鬈家庭教师。

当您在梦中居然坐上了电车，
把没有吸墨纸的笔记本贴紧了胸口，
我作为售票员，不需要车票，
在蓝色大檐帽下幸灾乐祸。

或者在公园里，单独与姑娘在一起，
您沉默不语，慢慢地羞红了脸，
一个瘦弱的先生坐在了你的旁边，
穿着一件紧扣的公务制式大衣。

或者在死亡时分，既未酒醉，也不清醒，
夜猫子穿过清晨的寒意走来，
司机与不动声色的乘客一起
带着轰隆声，横穿着向您疾驰而来。

或者在无边的街道上，脚步声
在月亮叉子上杂乱地响起，
我悄悄向前走去，仿佛走向森林，
它们也列队或围成圆形安静地走去。

在那一刻，向前滚动的车厢
突然在面前加快了速度，
与心爱的人一起，透过窗玻璃，
露出一张没有任何表情的脸。

面对面，再一次面对面，

直到最终的死，哦，直到最终的死，

到处都是下流胚碰上下流胚，

穿着一件长衫，哪怕是贵夫人。

直到死亡像一名穿上大衣的女人，

冰凉而窒闷地躺在胸口上，

司机没有被红色的汽车压死，

——漠然地对待天使长与恶棍。

地狱天使

（致阿列克谢·阿拉波夫）

我反正一样，对您说：我很幸福。

风儿在我头顶叹息：下流胚！

太阳不分青红皂白地

用大量的光线浇灌森林。

鲸鱼与海船捉起了迷藏。

而海蛇悄悄隐居在海洋深处。

电车朝着山坡拼命地飞驰，

撞击停尸板一样的大门。

而岁月仿佛囚犯背上的"方块"般流逝，

在"梅花"坟墓坐落的地方躺下。

"国王"端坐，仿佛一名肥胖的学究，

"杰克"抓紧了木棒和刀子。

那么，"王后"，这些美丽的王后，

一个披着头巾，另一个别着小花，

第三个手握苹果，正要递给亚当，

这苹果将卡住喉咙——我们的嗓子。

他们窸窣地走进纸牌的屋子，

他们在手中排成扇形，相互致意。

他们带来致命的时装，

橘黄的袜子藏着欺骗和毒药。

纸币像丝裙一般发出簌簌声，

金子叮当作响，仿佛一个亲吻，

雪茄、眼睛和烟斗在迷雾中闪烁。

突然，一声枪响！仿佛晚会上的舞蹈教练。

椅子仰面翻倒。蠕虫缓缓地爬动，

罪犯被笼罩在光晕的中心，

而在灯光下，庄家继续

给世界分发绿色和灰尘。

1926

与梦幻的斗争

实际上却是母牛在天空飞翔，
小狗插上了轻盈的翅膀。
我们在一点半的时候出现，
拼尽整个肺活量发出一声叹息。

时日仿佛参加比赛的自行车选手，
在窗户下飞快地溜过去，
只有我们俩，在偶然性之外，
警惕地注意着音区的标记。

音符的手指时而升高，时而降低，
抓住了我们：哦，抓钩！
高处的你是小提琴的琴弓，
低处的我是调弦的板子。

音符各各不同，仿佛各式各样的外交照会，
可是，命运已经厌倦了弹奏钢琴。

乐谱被合上：啪的一声！毫发无伤。

我们在博尔萨的黑夜里沉沉入梦。

电灯仿佛子夜的太阳，雪白的光线

沿着一张张乐谱缓缓爬行，

我做了一个梦：我们放弃了乐谱架，梦！

我们像旁人那样穿上衣服，出门。我们已不在人世。

在小提琴声和男低音之间是一对脚步声，

可是，一列横队向饭店奔跑。实际是一堵墙！

也好，我们就像别墅的邻居，隔着篱笆闲聊，哎呀！

仿佛触摸真理，遥不可及，又近在咫尺。

1926

仿茹科夫斯基

裸身的姑娘来临，沉没，
不可能之树穿着芭蕾裙叹息。

他像一列着火的列车走进
杯子蓝色的谷地，沉入了冰窖。

蓝色的水世界安全地蠕动，
冻僵的犍牛不能咬紧马嚼子。

最危险的噩梦在真空里飞翔，
紫色的它甜蜜而欣喜若狂。

走近吧，来吧，不自然的敌人，
没有回头的梦中同志，我的小虾。

遥远但清晰的喧嚣，赶快传来吧，
我伴着最温柔的狗熊翩然起舞。

巨大的墙壁匆忙地退却，
它就像一条蛇儿缓慢爬行。

但世界还是那样，像巨大指环中的手指，
或者像下流胚戴着圆形的帽子。

或者像那姑娘，缓慢地进入并沉没，
那里，一棵穿着芭蕾服的树在悲伤地叹息。

地狱里的春天

（致格奥尔基·冯·古克）

这发生在那个黄昏，那个黄昏。

屋子像茶壶一样在沸腾。

亢奋的爱情从窗口迸涌而出。

可"爱情不是儿戏"，

可"你赤裸的肩膀"

在惊惶的华尔兹中旋转，

像狮子一般飞驰和歌唱。

可是，大门轰然倒塌，门铃开始吠叫。

春天沿着楼梯默默走上来。

突然，每个人都想起自己多么孤独。

高喊，孤独！无比地憋闷。

而在黑夜的歌声里，在清晨的咆哮中，

在公园黄昏喑哑的亢奋里，

死去的岁月从床榻上站起来，

携带着床榻，仿佛携带着邮票。

河流摇晃，仿佛沥青的海洋。

摩托艇时而上蹿，时而下沉，

电车鲨鱼远远地看见敌人，

对着走廊的鼻孔射出一道道喷泉。

不加考虑地冲进人群的波涛

登上浪尖，无所畏惧地奔跑，

去感受在马林果色天空中的毁灭

和甜蜜的衰弱与衰弱的激情。

在那个黄昏，在那个书中有记载的黄昏，

我们不再害怕风中的喧嚷。

房屋，仿佛死去不久的尸体，

弯下了身子，充满了喧嚣，

倒塌，充满幸福，尽管不合乎科学。

空气在牛奶的窗子上扑扇着翅膀，

春天仿佛火光里的舞蹈家，

张开不朽的双手，在那里旋转。

1926

否定的一极沉默不语

（致格里高利·列肖特金）

否定的一极沉默不语，在闪烁，

它与任何人都不争，因为它是大海。

死者在美妙的蓝色安谧里沉睡，

在万籁俱寂的夜晚，被命运所召回。

向后昂起脑袋，仰望黑色的天空，

露出一排洗漱洁净的牙齿，

他已不再憧憬未曾抵达的地方，

在静止的玻璃上浮起，犹如蒸汽。

水流在那样的深度上逐渐死去，

远方的词语因此被淹没，

在那样的深度上，我们结束学习，

兵役的义务和水手的生活。

机器在电塔里高声歌唱，

一束巨大的火焰飞腾而出，

像一只吞噬人群的巨大嘴巴，

他们正与海船一起在追求幸福。

探照灯光平躺在光滑的水面，

还有半分钟在水下点燃。

金属质地的建筑，仿佛精神的小钟，

在蔚蓝之上安静而整齐地响起。

而冰山漂浮在陡峭的礁石上空，

仿佛穿着白色内衣的米洛斯岛的维纳斯。

星辰世界

（致奥尔加·柯冈）

幸福清除了每一个希望，
我们的房屋扑扇着瓦片翅膀，
鸟样地行走。外行们，惊奇吧，
趁我们行将离开，来做客吧。

我们坐在高高的阳台上，
在过去和未来之上，咀嚼着食物。
一个奇怪的旅客在星辰之间
出现。我俩一起飞向远方。

空气打着呼哨。真空的驱逐沉默，
大地塌陷，坠入了黑色的网兜，
机械师，扣紧空气的短上衣，
哦，维纳斯，我们正在离开车厢。

这四个平方的世界毫无条理。
我们行走，我们爬行，飞翔，打盹；
我们遇见愁闷的女士和男人，
我们活着，希望回到大地。

但秘密的世界，就像水龙头里的清水，
摇晃着我们，实际就从指缝溜走了。
我扑身向你，但精致的客厅
一片通明，我面对白色的银幕，

面对蓝色的海水，水中游动肥圆的鱼儿，
面对空气：空气像球一般在旋转。
精灵们在我们头顶走动，仿佛巨大的
黑色冰山。您的灵魂也将去到那里。

一座巨大的森林从天空坠落。
大规模的草地打着呼哨在生长。
露珠翻滚，仿佛恐怖的瀑布
蟊斯大声吼叫，犹如火车。您是对的。

我们的时辰已到。我们叹息、惧怕和招手。
我们旋转如飞箭，如钟表的指针。
我们走进饭店，凶恶的侍者
站在门口，对我们的衣着表示不满。

我们点燃一支香烟，

仿佛点燃了一朵亮丽的玫瑰。

PAYSAGE D' ENFER[①]
（致格奥尔格·什托尔姆）

海水翻卷起漩涡并悄悄地叹息，

海水在我头顶的迷雾中飞翔，

灵魂仿佛已决定坠落地面的雪花，

在声响的边缘沉默不语。

而在蓝色的海洋，鸟儿潜水的地方，

在那落水的我奋力泅渡的地方，

在城市花园的水藻中，

红脸膛的黄昏浸泡了好久好久。

贝壳形的屋顶四处漫溢，

火车佝偻起身子，像海底的蠕虫。

时而高，时而低，时而远，时而近，

怪人像一条鱼儿搜寻着飞艇。

---

① 原文为法语，意为"丹弗的风景"。

水母云彩在天空闪烁微光，
仿佛在与性急的死神激烈争论，
我迈着水兵的步伐庄严地
走向大地上空的另一个船舷。

而一切都在细微的深处，
那里光亮无法抵达。
很快，我们将沉没，将站立到海底。
铜制的留声机歌唱着向我们致意。

在飞翔着的大海深处，
落水者遇见自己的朋友。
霞光携带着新来的死者，
沿着起伏的高原慢慢地漂流。

海水悄悄地叹息，翻卷起漩涡，
仿佛生命，这个上帝的温柔的梦想。
风球灵巧地沿着大地奔跑，掉进球网，
仿佛信件扔进了邮局大楼。

1926

星星地狱

你听！在睡思昏沉的花园上空，
一颗疯狂的星星模仿着夜莺歌唱。
天使们离开飞艇，默默降临，
带着慈爱的微笑踏上积冰。

她点燃了一丛绿色的火焰，
在海船上空，走进热带的夜晚。
大副站在舵盘后面脸色发白，
而女乘客出神地凝视天边。

在喧声中迷失，在山峰上点燃，
穿着雪衣的玻璃男孩曾在山中酣睡，
他蒙住了眼睛开始哭泣，
在霞光中逐渐融化，恰似温柔的烟雾。

她仿佛觉得：她在地狱中开放。
她在深夜的舞会上旋转。

倒在地上，如同一颗纸质的星星，
她躺在破碎的灵魂中间。

突然，她苏醒了；寒意漂进了灌木丛，
她在基督的手心闪烁。

1926

阿尔多尔·兰波

没人知道
这是几点钟，
也没人希望
沉默在梦中。

车厢向左倾斜，
汽笛在歌唱，
空荡的地方
泛起一片红晕。

哦！梦中女孩，
请你原谅我，
在异国他乡，
我遇见了夏娃。

绿色的薄罗纱
弄瞎路人的眼睛。

她的模样啊，
就和你一样。

喧嚷而杂乱，
歌舞一咖啡馆，
喷泉汩汩响，
无休无止。

伦敦充满了
成群的丑角，
兰波作出决定
前往刚果。

油腻的燕尾服，
一片喧哗，
我们坐对着
那盛虾的菜盘。

正装的裤子
膝盖处在闪光，
但是魏尔伦
有个红鼻子。

突然在舞台上，

人头攒动，
女神安娜
抬起了膝盖，

向我们走来，
一种恶中的善，
灵魂所期望的
骑驴的上帝。

哦，被遗忘的日子……

人们喜欢的
被打碎的器皿，
驴子用脚蹄
蹬踏着我。

我无法抹掉
击打的痕迹，
也不能飞离
蟒蛇的缠绕。

哦，姑娘，你
年轻的面容消逝，
你那满月的

双生子已升起。

天空的女神，
莫非已成过去，
我甚至忘掉
你的名字。

我走在马臀旁边，
在灰白的夜晚，
叼着一根香烟，
露出尸体的微笑。

黑色圣母

（致弗拉基米尔·安德列耶夫）

幽暗的、美好的、空虚的

日子蓝莹莹的，泛起淡淡的紫色。

有轨电车上，人们无精打采，

一个个耷拉着神圣的脑袋，

只有一人摇晃着幸福的脑袋。

被正午所监视的柏油路正在沉睡。

仿佛是，在空气中，在悲伤里，

列车一刻不停地连续掠过。

人群的脚步声喧哗起来，

电线上挂着价格低廉的路灯，

而在贫瘠的林中空地上，

单簧管和小提琴开始死亡。

又一次，面对这副棺木，
分娩出神奇的声音。
从汗湿手掌拿过黑啤酒，
音乐家支付了双倍的报酬。

那时，阅兵式殿后的是炮队，
无动于衷地走过去，
穿着红色制服的马队，
大汗淋漓，厌烦了节日。

在头顶上空，呕吐的气味，
礼花呛人的烟雾，与尘土、
香水、汗臭、骑兵急闪的喧闹
相互混合在一起。

目空一切的年轻人
穿着下摆宽大无边的裤子，
突然，听到幸福短促的射击，
红色月亮在波涛中飞翔。

突然，在长号的嘴唇间响起
雾中旋转的圆球的尖啸。
在致命的梦境里，黑色的圣母
伸开双手，粗野地喊叫一声。

而透过夜晚的、神圣的和地狱的暑热，

透过单簧管在其中歌唱的紫烟，

行走了几百万年的白雪

开始无情地飞来飞去。

1927

DIABOLIQUE[①]

（致维克多·马姆钦科）

人们在圆柱下面哈哈大笑，

月亮以奇怪的姿势站立。

黄昏散发强烈的香水味，

还有舞蹈演员和饭馆的味道。

秋天偷偷溜进仲夏时节，

桥梁上空的树叶露出橙黄，

橘子水与橙黄的骨架

插入了一个个车站。

在马路上，在肚子上，暑热

打着鼾，伴随美妙的下降音阶，

欣赏着女人的小脚踝，

让时髦的男外裤蒙上灰尘。

---

① 法语，意思为"毒辣"。

人们怒气冲冲，火气难消，

逐渐陷入窒闷的氛围。

第二拨暑热向黄昏袭来，

灵魂则等待着第三拨。

但浅紫的暮色如期而来，

打开了理智之锁，掰开嘴唇；

衣着讲究的年轻人

对着无角无尾的姑娘吹起口哨。

在一片紫而又紫的先兆中，

永远美丽而恐怖的劳拉，

劳拉在天空中浮现，

后面跟着一名红色长裤的歌手。

沉闷地敲击黑色的定音鼓，

在深渊里用埃里尼斯合唱回报，

而七月就像骑着肯陶洛斯的浮士德，

在黑暗中驱逐那垂死的暑热。

但精灵们突然变得惊慌失措，

风让花园跪下了膝盖，

一丝轻微的笑声在耳畔响起，

车站的上空回旋一个低沉的声音：

一个恐怖的公主海伦。

她身后是阿波罗的特洛伊，
手中捧着一群金鸟，
深红的光晕冉冉升起，
云层里留下一道深黑的血印。

而月亮在歌唱雪白的天堂。
乌云黑色的巨浪在晃动，
如同最后一个句子，戏耍着，
雷鸣落进黑色的军火库。

在突然闪现的飞翔的火焰里，
仿佛置身在玫瑰红的贝壳，
她在我们面前显现，
像一朵沉睡的飞沫在金色的波浪中。

黎　明

（致瓦列里安·德里亚赫罗夫）

霞光那玫瑰色的幻影

在高高的建筑之上空显露。

路灯在湿漉漉的花园里熄灭，

我祈祷爱情……照亮吧！

用自身平静的光芒去照耀。

黑暗中，高贵的人群

沿着拱起的桥梁走过去。

而尾随消逝的春天，

夜莺前奏那生硬的呼哨声

在马背上无偿地飞翔。

可在森林中，在不屈的青草上，

春天在幽暗中行将死亡。

散发着湿斑、苔藓和薄荷的气味。

穿毛皮大衣的隐居者

全身浸泡在冰凉的水中。

1927

怜悯心

阳光，我领略过你，但你没有发现，
你酣睡不醒，但只在梦中露出了微笑。
黎明时分，最后的幻梦奇怪地沉默，
秘密的玫瑰红的雪花在空气中轻轻地飘。

天使们离开了大地的怀抱，
他们过于劳累需要安睡一个夜晚。
他们在另一个世界旁边歌唱了一宿，
睡眠者并不着忙并向后退却。

清朗的早晨闪烁着寒意，
熟睡的脸庞涂上一抹红晕，
人们清洗着地狱门口的外边，
关闭了天堂的大门。

一个青年被温柔的女子养育，
得到一只透明的少女之手抚爱。

朋友，你相信残忍的女人？我相信！
对她的信任，你可以赢得安宁。

迟来的早晨玫瑰色的风，
用你的纤手将我抚爱。
我最后的世界，我深红的黄昏，
我的脸颊领略了你的深吻。

我缀满鲜花，安静地漫步，
早在童年就做好了死的准备。
我把它们付托给风，
你们不要试图抹去我的痕迹。

玫瑰时辰在黎明时分的世界上空漂浮

玫瑰时辰在黎明时分的世界上空漂浮，
来自天堂的灵魂重新返回肉体。
你去到了自己的超自然的世界。
太阳升起，而桌上的蜡烛熄灭。

玫瑰色的雪花降落在安静的高空，
突然，你再次醒来；但你不再认识谁，
你奇怪的眼神滑过，诧异而温柔，
在巍峨大厅的半明半暗中淹没。

而在窗外，露珠令人难忘地闪烁，
夏日鲜花盛开，花园伸向河畔。
而在途中，在阳光下，死神
如镰刀，魔鬼一身轻装离开。

世界难忘地闪烁为夏日所迷的光芒，
天空出双入对地升起白色的雾团。

运动员举起希腊式的双手，
击碎石块，躺进了暑热的怀抱。

太阳闪烁着自己不朽的魔力。
旗帜升起，群众开始喊叫，
某种可怖的东西潜伏于这光芒，
但愿扔到地上，忘却，沉默。

死亡的玫瑰

（致格奥尔格·伊万诺夫）

在黑色的公园我们迎接春天，
廉价的琴弓悄悄地走了调，
死亡降临到气球上，
触碰恋人们的肩膀。

玫瑰的黄昏，风吹送着玫瑰。
诗人在旷野上勾勒素描。
玫瑰的黄昏，玫瑰散发死亡的气息，
绿色的雪在树枝上走动。

幽暗的空气播撒着星星，
在绿色海洋之上的售货亭，
应和着马达声，夜莺在歌唱。
结核病的瓦斯在燃烧。

轮船朝向星空驶去，

精灵们在桥上挥舞头巾，

火车头透过幽暗的空气

闪现，在高架桥上歌唱。

幽暗的城市逃向群山，

黑夜在舞厅旁喧闹，

士兵们即将离开城市，

在车站喝着高浓度的啤酒。

月球在简易舞台上空飘浮，

很低——很低，触及了灵魂，

但从林荫道那边，伴随微弱的管乐声，

旋转木马挥手招呼夫人们。

被无限的玫瑰映衬着的春天，

微笑着朝向苍穹退去，

黑黢黢地张开——蓝色的扇子，

上书清晰的题词：死亡。

1928

美妙的黄昏充满了微笑与声响

美妙的黄昏充满了微笑与喧声，
蔚蓝的月亮高远而响亮地飘浮，
在幽暗中，你向我伸出不朽之手，
从肩膀处垂下一只难忘的手。

这一个黄昏异常沉重和神秘地窒闷，
后撤的晚霞把火焰留给了高空，
大朵的鲜花像灵魂一般布满了原野，
闪烁弥留的光彩，沉重地喘息在梦中。

你用迟钝的眼神奇妙地缠绕着我，
仰面躺下，重新返回梦乡。
旅行者以神秘的姿势观察着地狱，
而天使穿着春天皱巴巴的衣裳。

春天已经死去，月亮正向太阳返回。
太阳升起来，呈现一片深色的红晕。

一个神圣的梦幻掉进肮脏的公园。

世界醒来，哭泣，如同玫瑰的雪花凋零。

1928

月亮飞艇

我希望杀死你，
我希望成为刽子手，
我将在地狱向你讲述
灵魂美丽的毁灭。

天使在月亮上建造宫殿，
飞艇躲进了梦乡。
十字螺旋桨开始歌唱，
花瓣儿纷纷凋落。

蓝色的声响划破了天空，
死亡的世界正在逼近。
月亮的舷门正在打开，
年轻的魔鬼露出了笑容。

黑暗，一根巨大的廊柱
滑入水中，滑入蓝光，

滑入月亮的蓝光，
廊柱们在黑暗中发出喧响。

在夜晚祖母绿的水中。
少女美丽的脸庞在安睡，
而在蔚蓝柱子的阴影下，
石质阿波罗打着瞌睡。

花园在火焰中逐渐凋敝。
白色的城堡升起犹如烟雾，
透过幽暗的——蓝色小森林，
幽暗的沙滩却灯火通明。

鲜花在花园里轻轻歌唱。
灵魂的塑像开始复活。
词语像出自烈火的蝴蝶，
紧紧地抓住了我。

天使，相信我，月亮高远，
音乐的云彩笼罩着
月亮，而火光在那里
喧响，岁月在闪烁。

蓝色天使迷恋上春天。

远离黑光，走进梦乡。

请爱上郁闷的生活，

请尝试一下牺牲。

颅骨悄悄地望着窗户。

这个屋子里漆黑一团，

在墙脚下，唯有沉默，

歪斜的影子在墙壁上安眠。

1928

瓶中发现的手稿

好望角，我们怀着良好希望离开了你，
但大海变黑，寒冷之红色的夕阳
伫立在船尾之上空，女乘客在恸哭，
泰坦尼克的幻影在冰块中护送我们。

在薄冥中，午餐的锣声拉长了叹息。
大厅里乐队还在歌唱去而不返的爱情。
桅杆上燃烧着飘荡的埃里玛之火。
水手们三次在下面为之祝福。

我们牺牲在神秘的南方海洋里，
波涛汹涌，冲刷着躺椅和小舢板。
我们相互亲吻，海船向着黑暗沉没。
囚徒在底舱晃动闸瓦，大声叫喊。

小舢板歪斜地挂在舷外，舵手失踪，
下桁噼啪作响，尖叫呼应着拍击声，

我们相互亲吻，在你的头顶上空，
爆竹美妙而徒然地旋转，随即消逝。

空荡荡的海船上只剩下我们俩，
我们沉没，我们沉入快乐。
玫瑰色的早晨，无边的水域盛开，
我们含着眼泪迎接自己的新居。

在你鬈发的脑袋上空，太阳升起，
你酣然入睡，一只手还在挥动。
我潜入底舱，发现一只死者的脚丫，
亲爱的死者，我们得享用你一周。

亲爱的，我们将死去，请你贴紧我，
天空挤压着我们，蓝色苍穹令我们窒息。
亲爱的，我们睡去，顷刻进入梦境。
亲爱的，这不是真的。亲爱的，这是死。

最后一道红晕在脸颊上浮现。
灵魂变得不可思议地幸福，回到梦境。
来自异邦的人，读一下瓶中的手稿，
你会与上帝和星星一起嫉妒我们。

哈姆雷特

"哈姆雷特，你别走，与我一起留下，
我们痛哭着贴近大地，因为悲伤而入睡。
我们相互爱抚，流下尘世之伤那卑微的泪滴，
我们因为悲伤而呼喊，此前出来不曾这样。

哈姆雷特，你知道吗，爱情在烘烤冰雪，
你贴近大地，低声说道：'忘掉一切吧！'
月亮伸出自己金色的犄角，
在我们正熟睡的屋子上涂上一层霞光。"

哈姆雷特对她回答道："请忘掉我吧！
那里，在我的头顶上空飘飞着一些大鸟，
大朵的鲜花安静地开放，在火焰下，
他们令人难忘的面孔露出了微笑。"

蓝色的灵魂旋转进蔚蓝的幻梦，
玫瑰红的桥梁漂浮在紫色的大海上。

天使在那里轻轻呼唤生者，

引向美丽、奇妙而全新的生活。

那里，寒意在巨大的高空弥散，

一个青年在玫瑰红的山顶沉睡，

花园在玫瑰的深红霞光中漂浮，

空气开始敞亮，极地闪烁着蓝光。

雪花像红色的蝴蝶默默地降落，

火焰之流安静地向着建筑流淌，

但融化在瓦尔卡拉宫①浅紫的天空，

哈姆雷特在大限来临之前倒下。

"哈姆雷特，你别走，与我一起留下!"

月光下，发疯的少女不断地歌唱。

---

① 瓦尔卡拉宫，斯堪的纳维亚神话中供奉阵亡将士灵魂的一座豪华宫殿。

旗　帜

夏日，在白色的人行道上空，
高挂着纸做的路灯。
在林荫道上空，洪亮的嗓音口齿不清，
旗帜在粗大的杆子上肆意幻想。

它们觉得大海就在附近的某个地方，
而热浪正围绕着它们奔跑，
空气安睡，仿佛进入无忧的忘川，
怜悯覆盖了我们所有的旗帜。

它们仿佛是海船的骨骼，
黑烟温柔地向外飞飘，
在海船音乐那无边波浪的上空，
一片圣诞节前夜的祈祷。

疾速地爬向露出海面的桅杆，
礼炮的喧响，黑衣水手的叫嚷，

海船在铁锚之上笨重地下沉，
穿着悲伤衣衫的身体逐渐没入海水。

旗帜在地平线上显现最初的闪烁，
在大炮的轰鸣声中勇敢地翻卷，
在各种残片中最后沉没，
却依然如同鸟翅，击打着水面。

仿佛告别躯体的灵魂，
仿佛我对你的爱情。回答呀！
在夏日里，你有过多少次
渴望能翻卷成旗帜，然后死去。

1928

罗马的早晨

春天在歌唱，山雀飞向群山。

马儿在赛马场中奔跑。

罗马特种兵在城门口伤心不已。

爱比克泰德①在自己的角落里沉默。

在低矮的金合欢树荫下，

流水疾速地顺着下水道奔跑，

而望一眼蓝天，那里星光闪烁，

精灵们为自己的琐事而闲聊。

沿着年代久远的灰白老路，

元老级的小车滑动着。

丁香花开放，战船上的水手在呼喊。

基督乘着飞机向远方飞去。

---

① 爱比克泰德（约50—约140），古罗马斯多葛学派哲学家。

黄昏时分，女神登上了塔楼，
旗帜在巨大的塔楼上招展。
基督铺上一张昨天的报纸，
与毛茸茸的星星一起在空中安睡。

而在大理石庙宇，狗在吠叫，
塑像们在弹奏钢琴，
世纪并不希望走出澡堂，
月亮的纤手在被子上闪光。

而爱比克泰德在歌唱。我的命运
擦拭着罗马，仿佛云彩擦拭着早晨。

1928

生命女神

月球在城堡的屋顶上漂浮，
非尘世的广场在阳光下沉睡，
鲜花闪烁，壁龛一片乌黑。
一匹金马在影子里幻想。

远方有某种重要之物降临
——或许是楼梯的蓝色大石板，
生命女神在塔楼的顶层，
含着赫拉克利特的微笑俯瞰。

丁香在那里盛开，垂向大理石，
在春天的蔚蓝里星光璀璨。
岁月漂泊，如同茨冈人的帐篷，
那里有黎明、公园与复活。

海船沉没在白雪的雾气中。
号角在甲板上齐声奏响，

芭蕾舞者穿越了树叶之梦。
夜尽了，山峰呈现蓝光。

云彩在停靠点上空泛起红晕，
汽车疲倦地鸣响，喇叭在幻想。
红脸的天使在舞会的出口，
笨拙地试图跳舞。

纸做的路灯点亮着，烟雾缭绕，
夜莺在邻近的公园唉声叹息。
黎明湿漉漉的寒意在玫瑰花中漂浮，
乐队演奏着忧惧消失，返向上帝。

新的一天开始，挣脱了非人间的
春天的、夜晚的雪暴之控制。
夏天的节日充满了幸福之喧嚣。
飞艇在紫色的天空歌唱。

大炮向海洋发射白色的尘埃。
姑娘在簌簌响的网球场上汗流浃背，
在临时的售货棚，孩子们喝着啤酒，
希望挥动自己的小手。

而在远方，红石板砌成的城堡，

死神在幻想，还有鬈发的赫拉克利特。

1928

哈姆雷特的童年

（致伊琳娜·奥陀耶夫采娃）

这个夜晚，很多孩子聚集在桥上。

蓝色的星星戴着柠檬色的帽子。

小熊把尖爪藏进柔软的脚掌。

小男孩穿上崭新的水兵服。

这座桥在生和死之间悄悄地摇摆，

在这一侧，绽露出冰凉的曙色。

黑衣工人在灯杆上扪起黑夜的脑袋，

瓦斯灯在屋顶下快快不乐地照明。

冬天的早晨在冰雪的被褥下磨蹭。

而在另一侧，是笔直的浅紫色森林。

夜莺无形的华美自上而下在啼啭。

明亮的小船透过树叶从天而降。

黄色的屋顶在城市的空气里燃烧。

奇异的蓝色天空在远方逐渐黯淡。

每个楼层的人们都在笑逐颜开。

只是脚下的大地不见了踪影。

美丽车厢的火车穿过梦幻疾驰而来。

奇怪的人们在窗口挥动头巾。

乐队在冰窖里演奏着华尔兹，

有人站在气球上与云彩相互交谈。

每个人都安静、美丽和无比聪明。

美丽的龙教导他们懂得上帝与痛苦，

这是冰雪和梦幻之城的星期一。

需要高唱着颂歌走向朝霞。

有人在桥梁上空对孩子们低语什么，

孩子们沉默不语，他们躲避开灯光。

奇怪的乘务员出售带有十字架的车票。

闹钟对着回家的人们快乐地吠叫。

1929

姑娘回来了

（致米·采特林）

姑娘回来了，天使们碰巧在歌唱。

雨点开始敲击那些木制的乐器。

姑娘回到活力重现的地狱，

玫瑰那嫣红的嘴唇对她微笑。

爸比，你看，猫咪，亲爱的猫咪。

不，亲爱的，这是司芬克斯在草丛中入睡。

爸比，你看到了白色的烟囱清扫工吗？

姑娘，我没看见，姑娘，我看不见。

蓝色的星星安静地走过城市上空，

下面是雾蒙蒙的黄色兄弟——路灯。

星星召唤它们上天；有游戏和休憩，

但它们直到天明也不想离开。

白色兔子温顺地睡在树林的根部，
云杉在寂静中发出金光的声响。
火绒蒿朋友睡眼蒙眬地在远方作出回应，
在冰窖之上安静地向它射出灯光。

黑夜在漂浮，山峰一抹嫣红。
天使们站在黎明的雪地上。
天使，救救它！云杉。——我无能为力，
让它燃尽吧，我能做的是帮它牺牲。

白色的天空垂向雪地，犹如时间，
苍白的灰烬白昼替代了殷红的黎明。
死去的云杉在森林里已经跪下，
年轻的樵夫斫砍冰雪的灵魂。

死去的云杉离开了。雪橇嘎吱作响，
用绿色头发抚平了道路，
天空是节日，一棵晶亮的树正在歌唱，
天使们手拉手，在周围哈哈大笑。

1929

黑兔子

（致尼·奥楚普）

云杉的火焰即将在大厅安静地熄灭，
英雄在儿童房里倦极而入睡。
雪地上的兔子瞪着一对红眼睛，
从房檐向外全神贯注地张望。

雪花如同密封的墙壁从天空落下，
路灯戴着白色的帽子在漫步。
在旷野上，火车头蹬动红色的爪子，
与煤油味的月亮一起奔跑。

波浪如山峰在海洋上行走。
海妖们在各个岛屿上大声地吼叫。
在星星的旗帜下，受到冰块
挤压的一艘大船向一侧倾斜。

那里，留声机正在船舱里玩耍。

而朋友们在半明半暗中跳舞。

群狗糊涂地冲着脚丫吠叫。

穿着燕尾服的骨骼飞向海船。

他的手中握着月亮与玫瑰，

另一封信中装着一绺黄色的鬈发，

透过星星寒意的花纹，

天使们从窗外追踪着他。

不要进去阻止任何人，

礼貌地用手碰触一下舞者，

而当夜晚的太阳升起的时候，

冰块将融化，海船将沉没。

在南方的海上，只能从甲板上

去辨认出白色冰块上的星星旗帜。

军官们摘下了大盖帽。

一声短促的枪声在海上响起。

在双层的玻璃后面，在棉絮后面，

一对红眼睛的恐怖的兔子，

狡猾地张望：云杉正在大厅里熄灭。

死去的秃顶男孩正躺在床上。

HOMMAGE A PABLO PICASSO①

晚霞的幻境在黑色的岛屿上显现，
孤独者在雾霭中低语蓝色的单词，
在桥下，汽笛与机帆船一起歌唱，
黎明时光的蓝色在花园里逐渐死去。

生锈的巡洋舰系着大绳索，在游泳池里，
嘀咕道："放开我吧，让我死在海洋。"
但在雾霭中的河船，如同间歇性喷泉，
拖着一艘小驳船，嘲笑着巡洋舰。

在灰色的帐篷旁，在黄色轮子的车厢里，
女舞者和杂技搭档相拥着睡在草堆上。
他们的巨人父亲穿着条纹的水兵绒衣，
直接在干净、空旷的春天广场上洗脸。

___

① 法语，向巴勃罗·毕加索致敬。

早晨，美丽的孩子在别的城市散步，
晨雾中，一个孤独者微笑着跟着他们。
世界上最大的杂技将在旗帜下表演，
将摇摇晃晃地在绿色的车厢饭店驾驶。

人们还在传说，星星们尾随他们，
如此期望和他们一起在灰尘里玩杂技。
未来的岁月走近了黎明的门槛，
大地之未来的曙光在梦中露出微笑。

只是黄昏已来临。孤独者因为悲伤入睡，
而一个巨大的夕阳充满了永恒的预示。
林荫道上，美丽的号角在火中开始鸣响。
在灰色的帐篷旁，浓妆艳抹的丑角在歌唱。

在杂技场的高空，在一根纤细的钢丝绳上，
走着跳舞的姑娘和自己温柔的杂技搭档。
突然人群开始骚动，一个声音窜出了铜管。
女舞者和杂技搭档闪进霞光不再回返。

在建筑的高空，霞光的飞艇在翱翔，
黄昏蓝莹莹的空气在变凉并逐渐消逝。
蓝色的云彩帝王穿着光芒织成的锦衣，
在纤细的星星秋千上从容不迫地晃动。

孤独者低声说道："明日春天将重回大地，

并将在黎明时分顷刻就洒满了春意。

明日，永恒会歌唱；别忘了在霞光中死去，

从曙光转入夕阳，恰似天空的孩子。"

圣母升天节

（致索菲亚·格里高利耶夫娜·斯塔林卡娅）

在黑色的世界，灵魂相互敌视，
夕阳呼唤人们去牺牲，
苹果花穿着华丽的婚纱，
悄悄地从郊区朝着旷野走去。

在亮黄的雾蒙蒙的海洋，
它们更轻易地在霞光下飞走，
比路旁尘土中的鲜花更易凋谢。
就像孩子们轻言什么死亡。

在它们的光晕之上，唯有
天空的眼睛罕见地张开，
雷霆发出美妙而快乐的低语，
从天堂向下俯冲而来。

第二天早晨，一个来客

走进潮湿的花园，躺进了吊床。

他看见——在白色的星座中，

苹果花在潮湿的沙滩上逐渐死去。

姐妹们进入沉重的夏天，

都温柔地对她表示出羡慕，

哦，这黎明与夕光之间的苹果花，

生长于树枝的淡红雾气中。

1930

音乐的精神

音乐的云彩在舞会上空闪烁，

明亮的绿叶在大门旁燃烧，

那里生机盎然，而在十步之外，

夜晚发着蓝光，岁月向永恒浮漂。

时间在轰鸣，巨大的号角发出喧嚣，

我们舞蹈着我们的生命，

一个醉汉看见如此众多的月亮

在玫瑰和腐叶丛中安睡，咧嘴大笑。

应和着号角的呼唤，在占卜官的深渊之上，

肩膀上扛着灿烂的旗帜，犹如一对翅膀，

舞者踏着豪迈的步伐走过去，

仿佛黑夜里迷乱的火把在闪烁。

他们欢笑、哭泣和忧伤，

把玫瑰扔进星星的映象，

高举一些神秘的书籍，

不出声地越过桥梁，走向远方。

一切消逝，熄灭，断裂，

而音乐在叫嚷，"齐声唱，向前走"，

怜悯心在胡同里折断了双手，

召唤人民去杀死音乐。

可天使们却在安静地玩耍。

他们的声音依稀可辨：青草、鲜花与孩子，

舞者旋转着，温柔地相互接吻，

然后在另一颗星球上苏醒。

他们觉得自己是在地狱里开放，

而远处的下方是一片蓝色的空气。

在深夜的花园，音乐的精神

绽露神秘的夜莺笑容，沉入幻想。

舞会已经结束。曙色初露，一片安谧，

唯有死亡弹动一只纤细的铁手，

为死去的亡灵祷告，

太阳在河对岸静静地升起。

1929

ANGELIQUE[①]

太阳抚爱着透明的冰块。
初升的冬之脑袋在安睡。

太阳烘烤着空洞的鲜花，
黑暗在墙壁背后生长。

温柔的世界为冰雪所覆盖。
它和北极星一起安睡在额头。

而在全然不同的另外一端，
少年在梦中见到了自己。

在鲸鱼座上，在谢顶的月亮上，
幽灵在玻璃中看见爱情的小屋，

---

① 法语，意思为"天使"。

看见镶嵌在水晶中的铁鸟，

在绿色悬崖上的汽轮，

在泥土中沉睡的阿波罗。

可是，留声机在地底下歌唱，

少女在冰封的河流中行走。

而在宫殿和别墅的屋顶之上空，

有一只足球在飞翔。

这一个世界，紫色的闪光。

远飞的星星恐怖的咆哮。

轻歌剧女歌手野性的精致。

一个逐渐回返的主题。

伴随幻想的街道上的淋浴，

灵魂的游行队伍走过去，

每个人都有自己的悲伤和问题，

一个否定性的地狱的鼻子。

而在他们之上，在监狱的合唱声中，

另一队灵魂在黑暗中漂浮过去，

他们沉睡的面孔多么奇怪，
既不往后瞧，也不俯首在地。

而在他们中间是魔法和雨水，
疯狂的一层，还有地狱的女儿，

一个令人反感的美丽的杂技场，
里面充满了舞蹈演员和死者。

1926—1930

在远方

这世界一片安谧，夜已很深。
肮脏的天使忘掉了自己的饥饿，
星星的旗帜逐渐笼罩城市，
天使就此躺下来睡觉。

而在大厅黑色的扇面上空，
夕阳正在把忧伤的篝火燃尽，
天空悄悄地打开一个个大厅。
幽灵在塔楼上迎接夜晚。

他们的嗓音无比平静。
在他们面前沉睡的一切，
正躺在白雪覆盖的神圣平原上。
一切将会不为人知地漂浮。

在天空的边缘，在夜的边界，
星星苏醒，眼睛开始做梦。

在远方，月亮进入地底深处，
夜鸟儿在悄悄地抽泣。

时间在塔楼上歌唱，塔楼消失，
而月亮躲进了一件衬衫。
肮脏的天使在黎明的曙光中安睡。
彗星从天空向他漂来。

1928

冬　天

（致阿伯拉姆·明钦）

玫瑰色的光线垂向白色的谷地，

太阳升起来，灵魂的天空在忙碌。

天使在金色的曼陀林琴之光中舞蹈，

在树木枯萎的公园，芦苇在闪光。

冬天的早晨开始于冰雪的霞光。

安静的永恒落进一只温暖的手掌，

纯洁的永恒落到肉体上，仿佛温柔本身，

贴紧了具体化的精神，随即消失。

死寂的太阳在玫瑰色的冰山上打盹，

囚徒组成的乐队在监狱里安静地演奏，

黑色的灵魂与火焰一起落进地心。

恋人们神圣的影子升向天空。

宇宙之白雪落进了黑色的空气。

黎明姑娘在轻便马车中间迷失；

一群黄色的瓦斯幽灵睡眼惺忪，

排成悲伤的队列，低头前进。

一切入睡，巨人们也在塔楼上沉默。

一切改变，转向清晨奇怪的钟点，

灰蒙蒙的天空像一只淡白的大蟑螂，

犹如赤裸的死者，爬进了黑色的心脏。

1930

回忆——即复活

在没有出口的歪斜的胡同里，
驶过一辆恐怖的黑色篷顶大车，
在每日例行的散步经过的石头上，
侏儒太阳四仰八叉地躺着。

我们顺着楼梯来到地心深处，
我们寻找着中心的火焰，
沿着巨大的黑色斜坡，
我们滑进了沉默与幻梦。

在无限长的弯曲的走廊里，
我们向下走得愈来愈低。
我们能听见来自远方的
某些奇怪的夜晚的交谈。

"谁在行走?""死去的记忆。"
"爱情在哪里?""正返向国王。"

冰雪覆盖，犹如红色的旗帜，
覆盖了走向晚霞的那些死者。

他们既不需要幸福，也不需要信仰，
绝对的夜晚让他们更感到亲切，
谁抵达了冻结的篱笆，
他希望的只是战胜岁月。

重新回到床榻的人，就像孩子，
去欺骗夜晚的那些巨人，
在黎明时分走进晨光的世界，
返回那远逝的记忆。

死　岛

（致狄娜·格里高利耶夫娜·什拉伊普曼）

红色的号角如梦似幻地歌唱我的失败，
世纪的大门对我关闭，河流被冰雪覆盖，
我在死岛上静止不动地躺着，哭泣。
云彩的火焰在我的头顶平静地绽放。

那里，有金色的春天和奇异、漫长的夏天，
还有梦幻似的音乐在其中呼吸的塔楼。
彗星从黑暗的天空向他悄悄地飞来，
但神圣的塔楼的演奏者既没入睡，也没听见。

那里，在开阔的高空重复着歌唱的声音，
所有人在巨大的空间里微笑着相会。
犹如冬天的大太阳透过凋敝的森林，
在远方看到了久违的宇宙之幻梦。

我忘掉了名字，我在道路的中央入睡，
头顶上空的古栗树默默摘下黄色的帽子，
太阳长久地站在蓝色的大门口，道别
并离开，在红月亮的寒意之上浮现。

草地布满了薄霜。仿佛在未来的世界，
远方车站里的号角透过雾霭在歌唱，
我早已见过熟睡在绿色太空中的你，
集会大厅人群簇拥，星星在放光。

冷漠之秘密的旗帜在玫瑰的天空漂浮，
遥远的音乐注入平静的海洋，
在纯净的空气里（似乎有年轻人在哭泣），
空荡荡的电车那远方的歌声由此诞生。

那时，我就明白了，我拥有极少的永恒性
去思考在大海之上的是怎样秘密的黄昏，
而人们在对雪的等待中微笑和皱眉，
报贩子在药店正门口大声宣布死亡的消息。

空气的精神

（致安娜·普利斯玛诺娃）

少女秋天走出了天堂。
天空蔚蓝一直到了尽头。

孤独者的白轮船悄悄沉没
在眼睛明亮的高空海洋。

在黄色的树林，在白桦树下，
美丽的林中耶稣在沉睡。

温顺的兔子站在他的头顶，
毛茸茸的爪子搭着金黄的光轮。

少女秋天你多么美好，
恰似我那已经牺牲的灵魂。

你多么恬静，恰似拂晓的雾气，
她便是趁那雾气离开了大地。

上帝，我的天主，多么地轻松，
多么深邃，与大地相距多么遥远。

她生活在幽暗的屋子。
她不对任何人为非作歹。

她哭泣了很久，沉睡了很久。
她已经死去，多么地美好。

倘若没有上帝，没有天堂，
她在黑暗中沉睡将多么甜蜜。

远比在金色的天堂中沉睡更甜蜜，
那是我永远无法追随她可抵达的天堂。

1927－1930

LUMIERE ASTRALE^①

安静。悄悄地——这个世界

光芒暗淡下去。

烟雾缭绕，黑暗弥漫，

雪花在呼吸。

笑声出现并消失，

国王将死，

留声机美妙而清晰地

歌唱。

温柔的雏鹰戴着金冠

在空中滑翔；

生活带着喉管里的铁刺

在口袋中入睡。

冰雪宫殿在阳光下

悄悄地融化，

而心灵的疼痛正在宫殿中

① 法语，意为"星光"。

102

幻想着未来。

夜的精灵眯缝起眼睛，

默默无语，

地狱在黑夜中闪烁磷火，

正在呼吸。

1926—1930

世界幽暗、冰凉、透明

世界幽暗、冰凉、透明，
早已准备一步步走向冬天。
他亲近孤独和阴郁的人们，
他们从梦中醒来，率直而坚强。

他在想：容忍吧，坚强一些吧，
大家都不幸，都沉默，都在等待，
大家都挂着笑容勤奋地工作，
然后打着瞌睡，书本掉落在胸口。

漫漫长夜很快将来临，
电灯向着桌子俯下身来。
在图书馆坚硬的长椅上，
乞丐悄悄地躲在角落。

显然，我们能够嬉笑着掩饰，
告别上帝带给我们的痛苦。

活着。关起门来祈祷。

在深渊里阅读黑色的书籍。

在空旷的林荫道上冻彻心肺，

谈论着真理，直到黎明的来临。

哪怕是死，也要为生者祈祷，

即便没有回报，也要写作到死。

1930

太阳缓慢地下山

（致格・阿达莫维奇）

太阳缓慢地下山，仍然是那么灼热，
而空气里弥漫着秋意，公园逐渐黯淡。
小屋里，柠檬在熊熊燃烧，
一张张黄色的报纸漂浮在水面。

我们还是那么年轻。雨水淌过整个夏天，
而小船在湿漉漉的玻璃背后摇晃。
手枪在绿色的花园里噼啪作响。
夏天是如此疾速、如此突然地消逝。

蓝天如此迟缓地倒映在玻璃上，
月亮升起在工厂烟囱的上空。
世界的灵魂——是对怜悯的希望——
或许，我在夏天已经与你分手。

如此安静，如此干净。日落时分，
囚徒在巍峨监狱的小孔中默默无语，
秋天，在蔚蓝天空灿烂的闪烁中，
火车头在歪斜的高架桥上打着呼哨。

车厢摇摇晃晃地奔向西方。
从林荫道中传出旋转木马的喧响。
他观察着闪光；不希望哭泣。
出发的快乐如此灰暗、如此短暂。

迟归的夜鸟在塔楼的上空飞翔。
哦，太阳是如此迅速地忘掉树叶。
手儿打开了神圣的书页。
眼睛紧闭。疼痛逐渐减轻。

1930

雪花降落在赤裸的大马路上

雪花降落在赤裸的大马路上；
光秃的树木多么地寒冷，
它们应该变成不为所需的虚无，
它们只是希望能够进入梦境。

顷刻是黄昏。白昼悄无痕迹地消逝。
倾诉过；受尽折磨；沉默，
窗旁的女人用一只白皙的手
将一盏黄灯摆到桌上。

你怎么回事，在街上，不在家中，
不是捧着书本，虚弱的人？
充满奇异的冰雪的疲惫，
你观赏着无边无际的初雪。

你周围的一切都非常熟悉。
你已道别，你无力继续生存。

莫非你很快就要到家?

莫非你很快就会终止存在?

1931. 12

冬日在静止不动的天空

冬日在静止不动的天空，
蓝色的反光早已消逝。
灯光隐没。生活的喧嚣行将消失，
下雪时辰在寂静中诞生。

雪花缓慢地掉落在简易戏台上，
落在长条形的带子上，
空旷的小树林，肮脏的拦路杆，
围巾帽把塑像包裹得十分严实。

在死绝的林荫道上空，雪国
开花，留下一道道明显的痕迹。
人们在屋子里呼吸着蒸汽，
但走进白色的花园多么可怕。

那里一切变得崇高而蔚蓝。
那是无家可归者的冰雪地狱，

而在黑色商店的橱窗，
快乐的死人们伫立。

睡吧。盖着被子躺下去，
上床，仿佛钻进温暖的棺材。
聆听误点的电车的轰鸣，
不吃饭，也不点灯。

做梦，梦见远方，梦见未来。
别叫醒我们，我们太虚弱。
在旷野上，幸福的寒意
荣誉的雪风吹拂我们的灵魂。

永远都不会有人再知道
书写的是什么，阅读的是什么，
而在清晨，肮脏的雪正在融化，
电车在雪光闪烁中驶向远方。

1931. 12. 27

水在山中喧哗

1

水在山中喧哗；在枯黄的树叶下，
从最高的云端奔向黑色的宽谷，
被秋天的色彩所装饰，
自然在沉睡，它的梦无比深邃。

一列列隐约可见的云彩凝然不动，
在高空显得谜样神秘和温柔；
仿佛已逝的岁月，寒冷的时辰
仍然是如此切近，不可避免。

一切都安静，既无幸福，也无恐惧；
唯有你，不可能与命运和解，
一起从鄙俗的尘世浮现，
惧怕和辱骂自然的本性。

2

群山呼吸着秋天的气息，
石头之间的针叶非常温暖，
秋天的鸟儿暗自叹息，
它在纯净的蓝天已感到寒意。

自然庄严地做好死的准备，
给森林披上了紫红外套，
你并不想躲进自由，
战胜了幸福与恐惧。

这意味着幸福向你敞开，
在和平又纯净的命运，
这意味着还没到安息的时间，
需要重新回到抗争。

3

仍然是崇高而美妙的世界，
清朗，服从于自己的命运。
功勋还是那样无效，无效，
你还是感到那么痛苦。

你要变得平静并忠实于痛苦，

像她那样忠实。

在无限深邃的纯净蓝天，

鸟儿在收割过的田野上空惆怅。

像一个黑点，鹰隼高高地，

高高地盘旋在沼泽的苔藓上空。

灿烂的火光在水中消隐，

鸟儿阴郁地吟唱着灾难。

4

风驱赶乌云，

飞尘疾驰，

岁月并不重要，

人们也并不可怕。

灰色的日子寒冷，

灿烂的树叶，

自然的节日

自由而难堪。

大自然多么黑暗，

多么野蛮、空旷，

枯死树叶的

自由又是那么可笑。

风驱赶乌云，

飞尘疾驰，

拍打着窗门，

心觉得无所谓。

5

你已入睡忘掉一切，

在尘埃中且等一下，

你所眷爱的世间一切

早已在远方入睡。

在世间生活得太久，

忘掉极为珍爱的事物，

转化成冰凉的风，

转化为尘埃。

一颗冰凉的心在察看，

仰望激荡的蓝色的天空，

你徒然地体验

生活中所珍视的一切。

鸟群在花园上空掠过，

安静地拨动空气中的涟漪，

除了忘掉一切，

你什么都不再需要。

黄昏在大地的上空闪烁

黄昏在大地的上空闪烁，
雨水暂时停止了流淌，
太阳被月亮所替代，
重担逐渐消融了夏天。

低矮的太阳向下降落，
浴火的灰色天空；
疾速的、黑色的鸟儿
一群群栖息到窗口。

它们就这样接触、旋转，
拼命地张望无底的深渊，
但是，不习惯在大地上生活，
遂滑向灰色的天空。

高耸的工厂逐渐消失，
明亮的、冬天的时光。

苔藓低低地俯身

旁观冰冷的波涛在奔跑。

黑色的、疾速的水流

它们或许将在冰层下入睡。

黄昏，在空荡荡的内心，

燕子在庆祝它们自由的节日。

1931

青草在滋生

青草在滋生，道路呼吸暖意，
岛屿在欣赏着河流。
灵魂沉默，它听不见自身，
它已死，又活在一切。

春天来临。灵魂安静、空洞，
受尽经常性痛苦的折磨。
我忍受着病痛的折磨，
世界由于最初的原罪而痛苦。

青草在白色太阳下复活，
光明温暖，远离劳作。
你的手在河的上空平静地飞翔，
直抵白色的云彩。

你说的东西自己也不明白，
那词语离你也太过遥远，

沉默的河流面对词语醒来，
云彩也借此变成了词语。

在河畔青铜色的道路上，
诞生于地狱的我们在交谈，
我们被亏损和命运拯救，
我们称量空中灵魂的灰烬。

河流在岛屿背后消失，
浴场被太阳的斑点照得麻木，
女巫就躲在词语的背后。
生活在重复。但并非全然一样。

你从石桥上眯起眼观察世界，
平静，远距离，凝然不动，
在远方，云彩洗濯我们的生活，
从旁边飘过，幸福再度消失。

1931

月轮儿在高架桥背后消失

月轮儿在高架桥背后消失，
冰块在湿漉漉的鞋底嘎吱响。
无家可归的朋友满怀无限痛苦，
满怀我所熟悉的无限寂寞。

弱者在这种生活中无法生存；
歌唱？他们因此撕裂了心脏。
哦，这不是思想和祈祷的时间，
这时间——该睡觉、痛苦和死亡。

1931

灰蒙蒙的月

灰蒙蒙的月，灰蒙蒙的日，
年轻人，请穿上暖和的衣服。
隐秘的恐惧存活在生命的心里。
树枝纹丝不动。天空等待着雪花。

鸟群飞走。青春，请顺从吧，
你尚未知道，生活是多么恐怖。
早早地关闭光秃秃的花园，
薄冰遮蔽了河水的深度。

鸟群飞走。寒气纹丝不动。
我们歌唱的时间不长，已经沉默。
这意味着有这般需要，青春，顺从吧，
点燃长明灯，思考吧，祈祷吧。

你很快将了解一切，很快将明白一切——
风儿席卷而起，带走了谎言。

仿佛从前，在世界上，整颗心等待痛苦，
心中的一切过于安静，年轮过于灿烂。

子夜的星辰

子夜的星辰
照亮了整个天穹，
啊，灵魂已经忘却
白昼赖以生存的一切。

听不见远处的狗吠，
街道异常地明亮，
倘若子夜永远如此，
便可永远生活，散步。

不由自主地踏上铁轨，
沿循着铁轨的闪光，
我将走进空旷的原野，
最终我会找到你。

蔚蓝的天空，子夜的天空
显示出混沌初开的纯朴；

我只能永远交还给你

一颗死寂的、病态的心灵。

1931

城市静悄悄地喧响

城市静悄悄地喧响。秋天倒映在白色天空，

雪花很快将在黄昏降临，浊黄而安静。

瓦斯灯在空荡的胡同被点燃，胡同不少安详的积雪，

在瓦斯灯绿色的闪光下，残留着我们的足迹。

死沉沉的运河，无比空旷的冰冷船坞，

唯有太阳，寒冬巨大的太阳彻底没有光芒，

安静地俯瞰并沉默，所有人闭上了眼睛，

将发出温柔的叹息，

一切安睡在夜晚瓦斯灯碧绿的沉默中，

如此美妙地降落在积雪上，

或者，突然转身，回头，留下痕迹。

黑暗中，乌鸦高高掠过，飞向夜宿处，

脚踝将又湿又冷。只是漫步，什么都不想，

我的上帝，恰似从前一样，远处有巨大的山峰，

转过身来观看，无止境地沉默与思考。

夜晚的路灯皇帝安静地戴着白色的帽子，

一切如帝王般脆弱和致命，想来又那般恐怖。

你不要去眺望天空

1

你不要去眺望天空，
黄色的光芒在深处消隐。
死亡非常容易，生活非常容易——
根本就没有什么生命。

生活在恐惧和梦幻背后溜走，
遥远的边界逐渐消失。
在屋子的上空，夕阳的贫穷
是我崭新的命运。

你不是在生活，而是等待和赞美，
聆听遥远而喑哑的声音，
在冬天的夜晚慢慢地回家，
即便没有奖赏，也会有安宁。

1931

2

深夜，轰鸣声已经停止，
风在某处奔跑，拍打板壁。
雪花覆盖了道路，降落并融化。
黄昏充满了城市的忧伤。

冬天，回家是多么寒冷，
又一次不能把空洞的白昼交还，
希望在黑暗中靠近某个角落，
稍许暖和身子，能够入睡。

你不要忧愁，没有力量抵达屋子，
生活越是晦暗，就越是可亲；
床榻和坟墓的黑暗，
寒冷——是帝王们的安慰。

1931

不可回归的旷野

不可回归的旷野。宽阔的道路，
黄色的田野寂然不动。
哦，你多么安静，灵魂——不可触犯，
灵魂自足、轻松，默不作声。

溪水声依稀可闻，时间犹如海洋，
这里所有的交谈究竟意味什么？
请带上自己的事业，爱自己的痛苦，
平静地带上自己的痛苦。

灵魂赞美自己的必然毁灭，
植物严酷的命运，
进入，像花朵懒洋洋地晃动，
把秋天撒满了旷野。

就这样向前走，就这样期望，
如同女人对你的眷爱，

她等待、亲吻沉重的肉体，

熟悉的欢愉——那是命运。

1931－1934

衰弱的白昼奄奄一息

衰弱的白昼奄奄一息，
鸟儿几乎不为人觉察地歌唱，
在雾蒙蒙的气团背后，太阳
冷漠地俯瞰，忘掉了大地。

黄昏，雾霭垂了下来，
一切生物都感到了骗局，
它们怀着自己的深度谈论，
生命之火缓慢地燃烧。

在喧嚣中，发声十分十分困难，
清晨，醒来似乎太早，
夜晚，回到虚无似乎又太晚，
就这样，悬留在某个高度。

漫长的冬天雨水不断，
却很少有降雪，

马路上空变得非常安静，
积冰在深夜嘎吱作响。

或许，我们所谈论的
一切就是我们即将约定的。
不，不需要，一个声音响起，
用尽最后的力量露出微笑。

黄昏，雾霭垂了下来，
轻烟无力地向建筑耷拉。
屋子漆黑，没有灯火——
黄昏，灵魂失掉了光明。

1931

傍晚的暮色在道路上空闪烁

傍晚的暮色在道路上空闪烁。
雨水停止，空气变得清朗。
两个角的月亮隐约可见，
在沼泽小溪上空冉冉升起。

茂密的森林如此阴森，
某处，扳道工碰响了木笛。
深夜的乌鸦从树叶
凋落的槭树抛撒融雪的水滴。

可以听到远方的狗吠声，
黑暗中，有人在门口说话。
一切消失于幽暗中的某处，
沟壑中的一切都失去了原貌。

夜，在荒漠上空无垠的夜，
光辉的巨人之母亲，

在寂静中，你不为他们哭泣，

并不停止对反光的关注。

我即将进入夜之灿烂的闪烁，

那是在一切之上的冰冷的灿烂。

倘若我在大地上比遥远的

星星更加孤独，倘若我如此缄默。

用心灵啜饮透明的穹苍，

赤裸的、无畏的碧空，

留存在上帝那里的人们

命中注定的、纯净的骄傲。

1931—1934

在灵魂的沉默中灯盏被点燃

在灵魂的沉默中灯盏被点燃，
人们摘掉道路上湿漉漉的帽子，
积雪开始发黑，号角在城堡歌唱，
轿车的汽笛预先发出命运警告。

鱼儿在奔跑，逃脱了灾难，
饥饿的房屋冰凉的路灯
穿着款式陈旧的衣饰，
发出一排排光芒。

你不要说话，不要点燃炉火，
躲起来，躺下，饮尽劣酒，
让吉他在半梦半醒中响起，
且让人们歌唱，打一会儿呼哨。

多么寒冷

多么寒冷。空洞的灵魂沉默，
雪花在今天诞生于城市的上空，
它快速从天空落下，随即融化，
一切是那么安谧。世界停住。

天黑得那么早，把灯点燃吧，
耀眼的广告从建筑上消失。
夜降临桥头，躲进白色的烟雾，
湿透的战士与雪花相互戏耍。

大地闪烁。赤裸的树枝在爬行，
冰凉的云母遮盖了林荫道，
在神秘的、沉默的辉煌中，
浑圆的天空因为雨水而变暗。

我们伴随着降雪和雨水而诵读，
对着心怀怨恨的路人诵读。

倦怠的朋友，容忍吧，我们必能等到。
入睡的时辰已到，我们不再能等待。

多么寒冷。灵魂祈求着谅解。
容忍，入睡吧。弱者得不到原谅。
一月沉默，每一个日子都带走
灵魂最后的热气，最后的光亮。

闭上眼睛，让别人去玩耍吧，
躺进大衣里。裹紧全身，沉默。
雪片落进花园，乌鸦在聒噪。
单调的喧声在炉子上响起。

把酒干掉，我们相互读诗，
忘掉世界。我无法忍受这世界——
它就是软弱性，在非人间的冬天
你太阳风暴致命的闪烁中。

火在燃烧，徒步的人消失了。
世纪在沉默的困境之黑暗中飞翔。
一切不过是金色自由的风暴
发出的梦幻痛苦的曙光。

1932. 1

台球在咖啡馆里撞击

台球在咖啡馆里撞击。鲜活的树木
在湿漉漉的马路上空闪耀。
请忘掉自己的世界，我和你在一起，
在此静静地聆听雨水的喧嚣。

不，我很年轻。只是在聆听生活，
忧愁，占卜，如此阴郁，如此长久……
我渴望生活，茫然而痛苦，
渴望破碎和消失，但不是等待。

我喜欢在光秃的山上瀑布的争论；
我喜欢在雷电和雨水之间，奇特的
词语之间那些鹰隼们的聚会，
和天使们的谪落凡间。

在尚未饮干的酒杯中月亮的火光，
鲜花的开放，停止喧闹的舞会，

小船在运河里的竞赛，

人群的喧哗，放炮的信号。

在城市的上空，在铜制的电线上，

短暂的风暴之呼哨，漫长的蔚蓝白昼，

群山之中火车无形的笛鸣，

蜻蜓们富于韵律的颤动。

在孤岛上，水手的生活放荡而可笑，

擅离职守的水兵，铁链的歌声，

一条白铁皮的道路，还有

苦役式的暑热，呆滞的眼神。

我不相信光明，我憎恨假惺惺的关怀，

我不希望落泪，我不期待记忆，

我将比所有人都更快、更低地坠落，

我要在地狱中拥抱一切受歧视者。

1932

圆球在绿色的旷野上撞击

圆球在绿色的旷野上撞击，
黄昏的光在玻璃上泛起蓝辉，
而又一次失去自由的我，
阅读被闲置多年的刊物。

我们已疲惫不堪，状态尚佳，
抛却烦恼，不假思索地阅读
和聆听钟表在角落里玩耍，
然后顶着秃脑袋躺下睡觉。

你为何填充空洞的时间，
钟表走动，马车匆忙往前赶，
植物爬满了厚密的玻璃，
黄昏的光倒映在树叶上。

告别生活，我回到了幸福，
玩耍与睡眠，没有发现命运——

在我们的影响下已不再热爱，

但我们已无力重新开始生活。

1932

在灰暗的日子

在灰暗的日子，潮湿的城市亮闪闪，

驭马在上坡路上打着响鼻，

我们的谈话逐渐停止，

在巨大的屋子，光线过早地暗淡。

在灰暗的日子，谈话逐渐变得阴暗，

世界的心脏充满了雨水，

灵魂的夜晚缓缓降临在院子里，

一切沉默，在艰难地祈祷。

黑夜来临，远方的灯光闪亮，

可随后这火光再次熄灭，

雪花飘落，又很快终止，

十二月新的一天莅临。

1931

首先在飞舞的雪暴背后

首先在飞舞的雪暴背后，
红色的太阳沉默不语，
我似乎觉得，我能够
不为人知地过另一种生活。

聆听远方的雪花之诞生，
在大地上空，在白色的寂静中，
在雪花降临的场景背后，
从容地寻觅冬天的空气。

为什么我忘掉寒冷的帝王，
屈服于这个世界？
莫非是音乐背叛了我，
或者是心灵嗅到了恐惧？

不，但天使们是永远的孩子，
他们不懂，也不热爱大地，

而今我是世间最贫穷的人，
被晒黑的尘土中的流浪汉。

我赞美旷野里金灿灿的树叶，
汗水的味道，浪花的闪烁，
在痛苦之黄昏中，消散的幻梦
那生命深刻的喜悦。

石头与天空的彼此和解，
亲吻光亮的肉体之坚韧性，
黄澄澄的热面包的味道，
雷霆的嗓音和深渊的答复。

1932

火焰在河对岸熊熊燃烧

火焰在河对岸熊熊燃烧，
旷野上某处火光时隐时现，
某人在聆听黑夜，发出长叹，
没有能力去征服命运。

谁是那忧伤光芒的弃儿，
在冰冷的火焰中思考，
直到天明也找不到答案，
唯有在失忆的梦中止息。

有一瞬间变得炽烈起来，
迸发，随后永远熄灭——
失去生命的灵感本身
不安地燃烧了一个时辰。

在开阔的河对岸，星星
将又一次悬空而燃烧，

恰似树枝，被森林里的
迟来者用一只手触及。

闪光从星星那里飞来，
一切安谧，黑暗冰凉。
树枝倒映在宇宙之夜，
在无底的世界之沉默中。

1931

马儿蹬踏着柏油马路

马儿蹬踏着柏油马路，
雨水不停地下，直到黄昏。
我们在窄小的房间阅读，
把书本放进了暮色。

然后，我们就准备午餐，
在夕阳奇异的黄色反光中，
在半幽暗中祈祷，躺下睡觉，
又在深夜醒来并说话。

火车在城门旁边发出呼啸，
瓦斯灯的反光沉默不语。
未来的岁月已经敞开，
悄悄落进了声音的深渊。

然后，我们含着眼泪入睡，
掉进一个个金色水井，

或许，经历几百万年以后，
便与上帝融为一体。

清晨把我们推进了未来，
想要返回已经太迟，
居留在我们灵魂的天空，
瞪着一对死眼睛醒来。

白色的世界重新变得奇怪
而地下，那里一直下雨。
鸣钟在苍白的雾气里响起，
正对着小小的花园开放。

1931

IL NEIGE SUR LA VILLE[①]

深渊里多可怕。雪在世界上空飘落。
由于非人间的痛苦，一切都沉默。
冬天的太阳秘密而疾速地
走向竖琴的世界。

寂静降临在覆雪的城市，
路灯近乎不为人知地点燃。
某处，火车拉长的声音
一去不返地驰过荒漠。

躲进雪地。请摆脱粗野的目光。
在角落里消磨黑暗中的生命。
休息，离开恐怖目光的
冰冻地狱，它们与恶紧密相连。

---

① 法语，意为"雪在城市上空飘落"。

那里，在城墙背后，在建筑背后，
一座座花园恰似一个个墓地，
街道上充满了病态的路人，
打扮漂亮赶赴节日的、疲倦的路人。

雪花飘飞。人们裹着被子，
早早地点燃浑浊的灯盏，
疲倦地阅读一点什么，
在黑暗中吃点什么，然后躺下。

躺下。入睡。孤独多么恐怖。
我全身乏力。我要躲进梦乡。
离开这世界，任凭它残酷，
灿烂、贪婪、粗野，多余。

我们在这里尽情痛哭，疲劳，
我们向往梦境，而在梦中，
或许有另一个太阳升起，
或许也没有什么另外的太阳。

朋友，我们把灯盏拿到地下吧，
入梦之前，我们再说会儿话。
那里，在我们之上有恐怖的快乐，
死亡的火焰，军队和罗马。

我们，就像冻土下的麦子，

在悲伤之恍惚中等待

一只燕子，仿佛黑色的箭矢，

在绵绵的雨滴下飞过。

1931

又一次在蜡制花环中

日子在军营站起来。在赤裸的墙壁之间，
小号在雪花上用假声歌唱，
太阳的幽灵在屋子背后升起来，
而或许我不再有可能站起来。

为什么站起来？我没能力去想象。
是会见朋友吗？我们应该交谈些什么？
在断裂的长椅的阴影中间，
仍然有残存的一盏路灯在闪亮。

直到黄昏，台球一直在小酒馆碰撞，
我凝视它们，挂钟在向后移动。
我没有加入世界，也并没有存在，
我在咖啡馆生活，跟醉鬼们一个样。

日子暗下去，街心公园的路灯亮起来。
挂钟停摆不动。你们别触碰我，

在寻找维纳斯的中学生的头顶上空，
日子的幽灵闪烁蓝光，逐渐黯淡。

我迟到了，我听见在某个地方有人
正在呼唤我，那是一个战胜了恐惧的人，
灵魂穿着一双湿漉漉的皮鞋，
借助路灯的微光阅读一张晚报。

1931－1934

你已疲倦

你已疲倦，休息一下吧。

阅读一下梦的书页，或者

向窗外张望吧。

在空旷的道路的上空，

请在朝霞的闪光中放慢步子，

请走开，笑看云彩在池塘中消隐。

青草在池畔低垂，

在蔚蓝中沉没。

芦苇眺望无限的远方，

却看不到自己。

模仿着沉默和痛苦的苔藓，我们是对的——

在世界灵魂的太阳下，

谁能够发现我们?

我们过于渺小。

我们过于孱弱。

鸟儿跌落。

它不能不跌落，

因为它不能悬空生活。

火车窜进了树林……

1931

早春，一切都那么安静

早春，一切都那么安静。
烟囱在远空冒着轻烟。
桥梁上，湍急的小溪之畔，
向前奔跑的火车喧响着。

空地在苍白的太阳下沉默，
电车绕过了围栏离开，
飞机在高空转动青铜色马达，
升起，融入一片蔚蓝。

可怜的市民，请来到旷野上，
在低矮的别墅旁咖啡馆坐一坐，
就像一名逃亡的苦役犯，
满足于自己的贫穷和受挫。

任凭燕子在屋子上空飞来飞去。
请聆听寂静，合上眼睑。

这意味着唯有穷人可以被拯救，
唯有穷人与飞鸟可以被拯救。

一切如从前。憔悴的周日。
信号旗在桥上左右摇晃。
在春天灰白的暮色中，
悬在纯净着的夕阳上沉睡。

安静……路灯很快将点燃。
雨点将落在黑黢黢的屋顶上。
在黑暗中，姑娘咔咔地笑，
电影却发出一阵阵抱怨。

一切如从前。星星升起
在世纪的尸布上着火的部分。
灵魂，睡吧，你已梦见幸福，
恐怖的是从梦中醒来但继续活着。

纤弱的石楠花在死亡的边缘开放

纤弱的石楠花在死亡的边缘开放。
一切都做好了开放的准备。
心灵伴随春天的来临更加温柔，
它已经没有力量来移动世界。

整个黄昏，暖雨在水洼中喧闹。
星光闪烁的夜晚映照在水洼，
无数世纪的恐惧映照在水洼，
既不可能告别，也没什么能帮助。

黑夜闪烁。灯火在简易房中点燃。
或许，自然被幸福所欺骗，
或许，幸福就在黑暗中生存，
或许，幸福已经被戕害。

我们知道这一切，但无法披露
为什么星光闪烁的时刻如此恐怖。

因为呀，这恰恰就已在春天，
恰恰到了春天，我们已不再存在。

谎言与真理在此没什么两样，
或许，真理就是罪孽，
或许，灵魂更珍惜腐朽，
或许，一切不过是星星的嘲笑。

请你们用宁静的歌声安慰心灵，
请你们珍藏灌木丛中的玫瑰，
让精神变得迟钝，将灯光遮掩，
把灰烬尽数散入黑暗。

我做了一个梦

我做了一个梦，霞光在火中浮现，
在已故国王的屋顶上空呼喊。
他透过窗户俯瞰下面的街道，
手护脸颊，躲避着黄色的箭矢。

那里，一只瘦猫溜过了街道，
而一位姑娘正坐在桌旁读书。

而时间静悄悄地流向远方，
沿着山间小溪上黄色的桥梁，
每一次，都在手中展示
黑色小匣子里的秘密物件。

在远方，某个奇异的标志，
磨坊的风车不断地旋转，
而在山顶，褐色皮肤的僧侣
用灰白的鹅卵石击打胸脯。

接下去，在古老淡蓝的天空上，
站立一个人，他裸身举着十字架，
他的夕光冉冉升向天空，
但他依然用手指向下标示。

小鬼在那里挺直身子站立，
甚至用手指跟着做动作，
罪人们从地狱轻轻发出呼喊，
但小屋子里，大钢琴压弯了骨骼。

万籁俱寂，太阳也已西沉，
一切都希望记住，屏息凝神，
战士们在下面眼冒金星，
灵魂感到了一种惊醒。

1930—1934

人们带着火

人们带着火。

风儿吹刮，把火吹灭。

人们把火贴近胸口。

火渐渐熄灭。

向窗外望去多么恐怖：

死亡的土地在冰层下沉睡。

在远方，在前面，

公鸡短促地鸣叫一声。

在没有窗子的黑暗中多么恐怖！……

黄昏降临。

雪花在斑岩上旋转。

人们咳嗽得愈来愈轻。

人们遮住了光。

酒宴接近尾声。

来宾在酒宴上哭泣。

出自壁龛的时间降临——

一个人都没有。

星星……命运的闪烁。

为什么我们将火把熄灭？

为什么我们要玩火，

与死亡开玩笑。

你们跌落到没有斗争的黑暗。

为什么你们急忙去牺牲，

难道在冻结的地狱你们会更好一些？

我高呼：请你们回答……

不，只有寒冷和恐惧。

1931

自然之友

自然之友，非人间的天使，
原谅一切，忘掉屈辱吧，
走到田野去，那里一条牛奶路
在雾蒙蒙的大地上空闪烁。

路旁，黑黢黢的森林沉默不语，
某处传来远方的嗥叫声。
睡吧，别去触碰痛苦的心，
休息吧，别操心希望和幸福。

在寂静中，似乎有人在行驶，
不，那是树叶飘落的簌簌声，
在河对岸，在扭曲的沼泽上空，
月亮冰凉的光轮冉冉升起。

松林变得更加清彻，很快，
黄色的树叶很快将躺在路口，

太阳也有点儿微微发凉，

小鸟的合唱也会在树林里沉寂。

秘密的光辉安静地躺下，

永远温顺地自然入睡，

唯有你在忧伤和担心，

依然在为过去的岁月而叹惜。

周围的一切做好告别的准备，

一切瞒而不报冬天风暴的蹂躏，

然后么，春天也忘掉了痛苦，

重新绽发绿叶迎向蓝天。

你也如此，在不可回避的黑暗里，

你瞅一下，看够了星光的世界，

然后就去入睡，每天早晨，

你怀着新的力量返回到过去的生活。

1931

金色的影子躺进了夕光

（致狄·什①）

金色的影子躺进了夕光，
钓鱼者被安静地照亮。
植物或许正在做梦。
乞丐睡觉，倚着讨饭袋。

商店里一片灯火通明，
高处逐渐黯淡的蓝色反光
披洒在温暖的桥梁上。
燕子正在告别蓝色。

我们很快将在夕光中午餐，
倾听玻璃阴郁的脆响，
最后，我们或许会在额头
笨拙地画出十字祈福。

----

① 狄·什，即狄娜·什拉依普曼（1906－1944），波普拉夫斯基的密友。

于是，没有人知道，谁在阅读，
谁生活得怎样。谁期待幸福，
安静地把双手交叉在胸前，
自己把自己变成幻觉。

钟表的精神以上帝的名义
高高地守护它的命运，
钟声在黑色的地狱响起，
清晨在冰凉的陵墓上战栗。

黄昏缓慢降临。天变得更低，
烟雾闪烁。机车亮闪闪。
有人在寒意中清楚地叫喊。
谁在那里，谁在田野上？

晚秋，天色很早就变暗，
灯火在车站上闪烁，
迷雾后面什么都看不见，
玻璃蒙上水汽。我们是一体。

在黄色的天空上

在黄色的天空上，一只冰凉的手
用精准的墨线描画一座城市。
请走到雨中。默默地聆听灵魂，
但你闷闷不乐，也不能忘掉饥饿。

灵魂幽暗，仿佛冬天的河水，
它映照一切，但永远空无。
它永远在溪河中流淌，
广告牌在灯火中阴郁地闪烁。

你竟然敢对我不加尊重？
你说我干燥，我传奇地白。
你知道，头巾干燥是挤掉了泪水，
白是因为从洗衣女工徒然返转。

我学习说出"永远"、"从来不"
和"曾经如此"。我看见，

命运如何顺着阶梯上升，

琐屑四处忙乱，流向更低处。

我不相信自己和你，但我知道，

我却发现了我和你如何出错，

结冰的河流如何下滑，

从高处随身携带着那些石块。

黄昏是如何地彻底不加防备，

当朦胧的诗行在其中盘旋上升，

十二月的安谧笼罩着你，

恰似一件大衣披上了肩膀。

黄昏闪烁

黄昏闪烁。雨水已经停止。

嗓音在幻想……沉默和等待吧。

在世界上空，泡沫玩着诗歌游戏，

玩累以后，就逐渐平静下来。

一只黑色的鸟！飞来飞去得够了，

夜已经很深，而屋子却更远。

天穹黑下来。最后的光，

来自乌云的光，映照在水上。

莫蕾拉①的歌手！害怕河水，

月亮的白环在水中滑过。

---

① 莫蕾拉，英文 Morella，美国小说家爱伦·坡（1809—1849）的同名中篇小说中的女主人公。

你没有发现自己如何掉下来，
去迎接新娘，那个谎言—公主。

星辰的光辉流淌到大地上。
它担忧：我不知道是否能回去。

石头客人在坟墓中躺卧，
维吉尔在歌唱，墓地上鲜花怒放。

短暂的世纪在草原上空掠过。
河水的闪光梦见了苔藓。

青草蔓延，突然俯下身子。
鸟儿高高地飞向西方。

小花在幻想。棺材们沉默，
没有一个人知道自己的命运。

1931. 8

不要对我谈论雪花的沉默

不要对我谈论雪花的沉默。
我已睡了很久，不再年轻，
火车紧急刹车，在水边停留，
我也就猛然从梦中醒来。

透明的树叶和灼热的青草，
死亡深刻，可更深刻的是复活。
我突然明白，春天的世界
如此美好、如此欢乐、如此公正。

我们望着田野上的大片庄稼，
喋喋不休地交谈着一切，
一切恰好在痛苦和幸福的边界上，
那是久盼的雨水之痛苦和幸福。

就在云雾缭绕的群山之中，
雷霆把天空隐藏在自己的身后，

可与此同时，在沙滩的背后，
明亮的太阳与海水聚在一起。

被新的幸福短暂地激发，
忘却了冬天曾经给出的折磨，
它满足于崭新的蓝天，
在天空的背脊上不住喧闹。

生命在闪烁，它离奖赏很近，
它珍惜自己在冬天的劳动，
周围的一切都是同一个快乐，
聆听着一切，等待着自身。

脸上挂着沉默而慵懒的微笑，
在小鸟曾经与你交谈的灌木丛，
就那样品味，你看起来非常幸福，
拍岸的波浪闪烁着你的快乐。

在遮阳伞下出售冰激凌的少女，
仿佛一朵流浪的小花，
而在低矮的灯塔背后，帆船远去，
在溶化的天空缩成一个黑点。

1932

上帝诞生于大地

（致尼·塔奇舍夫①）

上帝诞生于大地，人类诞生于天空。

母亲和妻子同时呼唤着神奇的墨丘利②。

天火降落。火焰向着星星飞升，

在天空深处，永恒的春天即将开放。

1932. 6

---

① 尼·塔奇舍夫（1902－1980），诗人，波普拉夫斯基的朋友。
② 墨丘利，古罗马神话中的信使。

在水的太阳音乐之上

在水的太阳音乐之上，
海岸脱离山崖奔向大海，
森林开花，春天的云雾
放出白烟，在晨光中消散。

我借助灵魂再次冲出冬天的黑暗，
而在山峦里灰色的龙舌兰背后，
整个世界都展开在我的眼前，
那是痛苦的和太阳的娱乐世界。

松脂默默地向橙黄色的土地
流淌。远处，一个微弱的声音
提醒我，大海一边聆听，
一边从容不迫地泼溅大地的边缘。

春天沉默。无须词语，我就明白一切，
我多么激动，我的呼吸又多么轻松。

我又一次在这里。我又一次感到激动，
我没有力量去阻止任何事情。

拍岸浪在电报网络上喧闹，
泡沫飞溅，疾速地冲向街道，
最初的风儿异常年轻——
他的灵魂已把一切忘掉。

天空被蒙上一片深邃的蔚蓝，
云彩旋转着找到了太阳，
旋转犹如一条火焰的带子，
迅速地滑向玻璃一般的天空。

在不可思议的金色的滑动中，
出人意料地服从命运的安排，
在轻巧的映照中，不再顾影自怜，
承受屈辱，不再为自身哭泣。

我躺倒在温暖的石楠花上，忘掉
曾经遭受的长久磨难，让爱情浮现。
在太阳的强光下，我闭起眼睛，
再一次爱上你，永远地爱你。

1934

夏天的黄昏幽暗而沉重

（致弗·瓦尔沙夫斯基①）

夏天的黄昏幽暗而沉重，
窒闷的风儿掀动稿纸，
在峡谷上空升起的月亮
被黄色的光晕所环绕。

在巨大的椴树的树梢上，
灿烂的光芒诞生和死亡。
黑色的惊雷震动四周，
屋顶传来雨点的叩击声。

拥挤在板棚里的灌木丛，
在院子里不住地摇晃，
台阶旁响起一声声鹤唳，
小溪在黑暗中轻泛波光。

_____

① 弗·瓦尔沙夫斯基（1906—1978），苏联散文作家、批评家。

树林中的鸟群被赶出鸟巢，
水沫儿飞向大楼的窗子，
可是，雨水飘飞得愈是清晰，
它的喧嚣就愈加快速地平息。

黑森林沉默，而在秋千的背后，
湿漉漉的松林依然在喧闹，
冰雪消融，银光闪闪，
花园散发着揪心的松树气息。

打开巍峨别墅的窗子，
暂时摆脱掉词语和思考，
倒霉的人凝神聆听
逐渐平息的幸福的喧嚣。

他想到的是，世界永远年轻，
比城市里的花花公子更加年轻，
可是，他的灵魂无法接受
人们阴郁而傲慢的眼泪。

大地和快乐比痛苦更加深刻，
因为森林需要死亡，
春天，草儿自由地迸发，

雨水落向大地，鸟儿飞向天空。

没有信仰的悲伤比谎言更加绝望，
病态的怜悯比邪恶更加可悲，
在平静的灰烟中，白昼
缓缓来临，黄莺在啼啭。

高空闪过第一道光芒，
在潮湿的松林里异常明亮，
伴随鸟儿在灌木丛中的喧闹，
开始了漫长、灼热和平静的白昼。

1932—1933

自天空回家

（致尼·波斯特尼科娃）

词语无法控制灵魂的命运，
在雨光里，我们再一次失去自由，
春天的风喘息着掠过岛屿，
尘土在虚乏阳光下的旷野闪烁。

森林覆盖的大地，传来微弱的拍水声，
轻轻耸动着雨水的睫毛，
她在松树的星星中安然入眠，
仿佛已忘掉了呼吸和生存。

空荡荡的马林果荫覆在翱翔，
落向草地，从铅灰色的天空。
多么安谧！亲爱的，你听，
那是褐色的冰块在岸边消融。

你看，田野无所事事的温柔
与我的爱情多么相似。
它又一次在雨水的光芒中苏醒，
但不再生活，只是一味地回忆什么。

在光芒的阴霾中——是干涸的田野。
去年夏天，在明亮的天空下，
大地在金色的桎梏中忍受着煎熬，
等待着雨水，由于痛苦而碎裂。

伴随雷声隆隆，夕阳在阴霾中闪烁，
书籍的颜色由于闪电而变化，
可是在秋天，唯有被焚烧的森林
终于等到了盼望已久的平静。

春天的平静，谁要是了解你，
谁就永远不会告别大地。
在冰凉的天空，在快乐的祈祷中，
熟悉道路的燕子在飞翔。

自天空回家，返回草儿轻微的簌簌声，
从远方返回陡峭的斜坡，
不希望如此切近地生活在太阳旁边，
它们飞翔，它们很快将返回。

在铅灰色的天空，马林果的荫覆

纹丝儿不动，恰似春天的幽灵。

在坟墓的黑暗，做梦徒劳无益——

你无法猜破春天生命的平静。

快乐是如此不为人知地开放。

就是那低矮的屋子，还有我和你。

春雨在树桩的影子·中喧闹。

我们久久地聆听，不敢私议。

1934

没有边界的母亲

没有边界的母亲："存在或不存在"，

或许，可以听一下温柔的声音，

消除光亮，并把一切忘掉，

还给它们一个雪夜的幽暗。

神圣的母亲，永恒的命运。

银河微微地闪烁。一切在延长。

那里——最后的审判

那一根黑管在深渊中并未奏响。

星星合唱队静静地呼吸。

母亲回答生病的儿子：

我——是创造世界的爱情，

我是整个痛苦的原因。

同情是所有存在的毁灭。

我是残忍，我是沉默的怜悯。

我是整个自然亘古长存的黄昏，

所有神祇的神圣的倦怠。

睡吧，统治吧，我是人间爱情的厄运，

我——是神圣重复的首倡者，

我——是远方低悬月亮下

在疑惑中发问的一个声音。

哦，英雄，沿着神圣的道路飞翔，

再过一小时，你将知道诸神的厄运。

我么就在屋中苏醒，伴随着清晨

第一道曙光，你所不知的光。

我微笑着，顺手打开笔记本，

我平静地记起神圣的幻梦，

尽管不完整，用一只肮脏的手

写道：我宽恕上帝。

关于幸福的梦。林荫道尘土中的瓦斯灯，

树叶的气味，朋友的声音。

这就是一切，从太阳命运的火焰

站起来的一切。请屈从于虚无。

1935

一旦牛奶搅浑了清水

一旦牛奶搅浑了清水，
爱情的悲伤顷刻发生变化。
趁着一切尚未发生变化，
我和你就远走高飞。

雾霭在纯无的空气中溶化。
愤怒无力，仿佛受潮的火药。
我们很快泅渡过这海洋，
灵魂像岩层似的躺在沙砾上。

格利佛来到巨人的跟前，
一个巨大的黄昏在他面前生长，
他驯服而沉默，犹如潮气，
悲伤，如同深夜关闭的公园。

月亮像萎靡的牧羊人，再一次
在失败的世界上空驱赶羊群，
而我行走，被命运放逐给世界，
把月亮遗留在自己的岗位。

在土地的贫瘠之上

天空悬挂在被目光拓宽的土地的
贫瘠之上，它那石头的闪光
让我们发窘，当我们以疲惫的目光
观看在岁月飞逝的缝隙中的远方。

天穹恰似孔雀中的孔雀，
就这样伴随着我们一辈子。
每个民族就这样在每个主宰者之上
闪烁，最后推向死亡。

上帝曾经通过自己的祭司
向他神圣而庄重地预言，
战士们走向战争，
在父辈们的眼皮底下消失于沙地。

可一匹马飞驰，强壮的百年骏马，
还有野蛮人，以平静的手

摧毁了这些建筑物，

它们曾经在河流上空威胁和平。

山峦被人群与钢铁所征服，

新的一天显露在峰顶，

天文台平静的机器，

仰望着得到支撑的天穹，

那是被认为逐渐变化的地方，

巨大的石头们在旋转，

恰似快乐地玩耍的丑八怪，

痛苦、冰冷——而且徒然。

1922

我的朋友们

我的朋友们，自然有一个愿望，
别招惹我们，让我们活着并开放。
惊雷轰鸣，闪电划破天空，
它既不是凶兆，也不是福音。

在不可企及的高度上，
荆棘花自由自在地开放。
对整体而言，毫无意义的美
便是犯罪的根本原因。

船帆在开阔的大海泛着白光，
港湾里燃起点点渔火，
可在任何一块土地上，在海洋之上，
只有我和你在一起，我的女友。

夏日的友情，在夜晚的宁静，
在群山中，在遥远的痛苦的世界，
请你用温暖的双手为自然
编织一个纯洁而奇异的花环。

冬日的悲哀挤压着我的心脏

冬日的悲哀挤压着我的心脏，
它在精神病患者的拘束衣里沉默，
今天我在远离尘嚣的一方，
与天平站立在一起，望着秤盘。

罪孽在黎明前的黑暗中醒来，
暴风雪呼啸，让生命向左弯曲，
浑身湿透的滑稽国王们
咧嘴笑着，没有力量来愤怒。

白昼短暂。教堂的荆冠在闪烁，
默默地望着毫无怜悯的痛苦，
观察心灵可怜的愤怒，
观察它们无法忍受的驯服。

几点钟？看哪，人们忘掉幸福，
把夜携带到灵魂的天平上。

有轨电车咣啷响，最后的审判隐匿着，

而地狱击打着命运，吵吵嚷嚷。

你的灵魂

你的灵魂，仿佛元老院的大厦，

高高耸立着恫吓我们，但是，

对于快乐的庇护人而言，

它非常逗人，并有那么一点儿重要。

入口上空的扁角鹿，入口上空恐怖的狮子，

可我们知道：在这个动物园之下，

隐匿着皇后迟暮的悲哀和软弱。

我们勉强地微笑向狮子示意。

我暖雨似的降落在你的三角旗上，

它被淋湿，忧伤地垂挂下来，

守卫大门的士兵徒然地

冲着我气势汹汹吼叫。

你的灵魂，仿佛元老院的大厦，

高高耸立着恫吓我们，噢嚯！

对于快乐的庇护人而言，

它还会更美丽一百倍。

秋天闪烁，变幻不定

秋天闪烁，变幻不定，
寂静中的白昼变幻不定地沉没。
幸福的屋子无偿地充满
我灵魂金子的水流。

一行诗句变灰，仿佛短命的苍蝇
跳舞时弯曲的脚踝。
灵魂，被痛苦稍微刺激，
无所畏惧地呼吸温暖的白昼。

不能在它的坠落中控制悲伤，
蓝色的埃舍尔和爬行的房子，
秋天不寐的欢欣多么犀利，
在纯粹简单中的稍息多么犀利。

你说：我面临毁灭的危险

你说：我面临毁灭的危险，
绿色的天空有一只绿色的手。
可是，她坐在椅子上拍马奉承，
在野蛮的华丽中安然入睡。

她来了，我本人放走了她，
大胆的小丑就这样喷洒着吗啡，
一旦他没有力量在天空飞翔，
他就充满非人间的冷漠。

游泳者就这样吞噬着空气，
在漩涡之上短促地蹦跳，
下流胚就这样变成了姑娘，
努力要在片刻间成为一个男人。

就这样在贫穷的华丽中，
诗歌绽放，仿佛湿漉漉的灌木，

比紫色的领带更加荒诞，

比微笑的嘴唇更加美丽。

无感的雪花向上飞腾

无感的雪花向上飞腾，
飞向冬日有条纹的天空。
迟归的大车的辚辚声
让每个人都感到亲近。

秋天莫名其妙地来临，
或者又莫名其妙地消失，
我们完成了自己的事情，
为了快乐存在，熄灭灯火。

在狭窄的双层窗户之外，
另有窗户还有灯盏点亮。
哦，在那样的黄昏，或许
我们大家思考同样一件事。

我们都清楚真实的定律，
我们残酷无情的疑虑。

在窗户与窗户之间有杯子，

似乎是客西马尼的酒杯。

白昼黯淡

白昼黯淡；风倦于咆哮，

赤裸的心不再相信，

河流在岸边逐渐变浅，

我开始计算和测量生命。

它们消逝了，疯狂的岁月，

恰似一江春水向东流，

曾经倒映过辽阔的天空。

哦，整个我都将消失并毁灭。

尖喙的鸹鸟在屋子上空鸣叫，

墨水散发着樱桃与海水的气味，

灵魂的二轮马车驶上了桥梁。

唉，莫非我们还能允许自我忏悔？

我们是否能从黑暗中呼唤自身？

我们是否能在坟墓之上采摘花朵？

路灯晃动，我们是否能找到自身？
在驶入往昔时我们是否给自己写信？

我头顶上的空气也倦于发出蓝光。
我出于自我保护举起一只手，
嘲笑如同一道笔直的闪电，
尚未发出鸣响就轰击着我们。

灵魂因为悲哀而略显肿胀

灵魂因为悲哀而略显肿胀，
仿佛橡树鼓起的木栓层。
这里，它就像一把锤子或者
斧钺的长柄，而非姑娘的花伞。

由于年深日久，汁液黑而浓稠，
成为有病心灵的毒药。
在狭小的杂技场，笨拙的演员
醉醺醺的，弄丢了荣誉。

在狭小的杂技场，一匹匹白马
绕着舞台出色地旋转，
诗人们在那里战栗着观看，
人们在勇敢无畏地进行各种动作。

穹顶之下是灯光与绳索，
正在为勇士们而晃动，

我们坐在那里，像水手的孩子，

正在那里陪伴自己的父亲。

命运的脸庞闪烁真正的光彩

命运的脸庞闪烁真正的光彩，
但布满了悲哀的雀斑，
仿佛一根细小的玫瑰茎干，
或者一袭花边披肩的映象。

懒散的月亮也这样飞进池塘，
它在脏而冷的泡沫中泅泳，
时而显得不可言说的奇妙，
时而如歌似的有真理的保障。

良知在梦中蠕动，嘟嘟哝哝，
但白昼用鹿角发出自己的声音，
小兔子在监狱中不停旋转，
一双风月场老手的眼睛。

月亮就这样在我的口袋中挨穷，
姑娘在雪坑中忍受着饥饿，

如同在热闹戏剧中沉睡的假绅士，

或者仿佛在夜之瓦罐中偷听的魔鬼。

你的日子踮起柔软的爪子奔跑

（致维雅·伊万诺夫）

你的日子踮起柔软的爪子奔跑，

但我并没发现，微微一笑。

仿佛寂静的声音，仿佛奇怪的气息，

恐怖与不安在我的周围飞飘。

哦，复仇女神！你天真地等待

并沉默了很久，很久。

捕兽器也这样为狼群睡躺在雪地，

渔网也为鱼儿安静地撒开。

冬天在歌唱，犹如夜莺的啼啭，

风暴呼啸，恰似一只金丝雀。

月亮冉冉升起，来自南方的牝熊

走近，稍微偏右一点。

你那幸福而富足的世界
并不知道，透明的弓
已在头顶张开，
而头发尚未枯萎。

或者，可以透过太空，
快速传来一支死亡之歌，
沿着算术画出的圆圈，
描画出一支偏斜的箭矢。

我喜欢这一个时刻

我喜欢这一个时刻，
手儿冻僵，希望舒展十指，
在赌徒拱起的背脊后面，
冰冷的天空愈加苍白。

黄昏，黄昏，永恒多么惬意，
赌输的心灵缄默无语，
震惊于嗓门的冷漠无情，
它们齐声叫嚷：结束。

透过反感、遗忘与恶的波涛，
这冰凉、湍急的波涛，
神圣的肉体呈现一片绯红，
充满了惊人的腐朽性。

这些月亮的兄弟们，曾经
一起散步的兄弟们，如今在哪里？

可是，金色的精灵与仙子
在他们头顶的上空拢成一圈。

肉体孱弱地露出笑容，
庄稼汉对王牌寄予了厚望。
可是，精于偷牌的死神
最终带走赢来的灵魂。

你是子夜的中暑

你是子夜的中暑，

但是没有损伤。

你是海洋灰色的水，

你不是水。

你是屋中莫名其妙的喧哗，

而我在跳舞。

不可思议的噩梦。

你是轮子：

它叩击屋顶的石头，

像老鼠一样啮咬，

在火焰中缓慢地旋转，

在冰块里战栗，

你默默走过

水的底层，

而在高处，走进所有花园，

走向美好的一切。

而这真是无可救药。

在梦中，在梦中，

雪青色的骨骼在流动，

而在月光之下，

应和死水静谧的喧嚣，

他在起舞。

我和他手拉手共舞，

还有死神，还有魔鬼。

神圣的月亮将在灵魂中

（致格·阿达莫维奇）

神圣的月亮将在灵魂中

升起来，升起来。

绿色的妻子将在流水中

走过去，走过去。

血液即将在空洞的寒冷中

沸腾起来，

鸟儿在沉甸甸的玫瑰树上

放声歌唱。

冬天围绕着下面的轴心

旋转。

丁香花在自己的脑袋上

剃除头发。

而黑色的暑热从天空滴下来，
死人打起呼噜，
演员跌落在刀尖上，
安然入眠。

冰块在天空中游荡，
冰中有火，
不要用手去触摸
金块的挪移！

骨头透明而温柔的碰撞；
赌徒在那里。
骷髅带着客人的面孔，
那里是河床。

那里的天花板上高悬
溺水者的尸体，
一身轻装，蹑脚向上
走进花园。

更高处是奇异的黑光，
时间太早。
从背后缓缓走进
黎明的曙光。

全然是崭新的一天，

梦幻的忘却，

仿佛影子并不是在歌唱，

不成曲调地胡哼。

夕阳在疯狂的屋子上空燃烧

夕阳在疯狂的屋子上空燃烧，
贫穷的灵魂在树木上沉睡，
黑夜在太阳背后，沉迷于腐朽，
我们尾随前进，寻找自己的住所。

命运就像一栋陡直的白屋，
重门闭锁，门口还有一名警卫，
枝头有一片叶子发出恐怖的声音，
为自己临近的毁灭而尖叫。

冬天在我身内，我置身于冬天，
谁能与这红色的海洋争论，
当灵魂悬挂自缢在监狱的时候，
一个黑色世界就诞生于车站上空。

而死亡的乐队就在地下演奏，
从透气孔探出了各种声响，

灵魂在不停地跳舞，

在上面的舞池上画出一个个脚印。

鲜花在下面的走廊上奔跑，

火焰等待它们，光亮追赶它们，

但脚步的叹息犹如鸟的胡诌。

一切入睡。雪花从后面溜走。

他用鲜红的霞光笼罩了城市，

在冬天的号角中奏响美妙的音乐，

不再能听到堇菜花恐怖的声音，

这声音突然变成了一个黑色的世界。

绿色恐怖

绿色树叶的雪片在城市中凋落，
夏天的暴风雪像火焰，四处蔓延。
你看，我们在梦中看到了毁灭，
还有昨天的一切，它就在我们头顶。

在永远坚硬的沥青路的冰面上，
白昼卧躺，显露无法言说的幸福，
岁月流逝，蓝色政权的战士走过，
如此缓慢，恰似漫长的时光。

如今，灼热的春天来临并撞击
我的心脏，直到不可忍受的疼痛，
我痛苦，被压垮，如同冰凉的尸体，
躺着，像一池静水，充满了幻梦。

你看，血液正在耀眼地循环，
在云彩之间，沿着蓝色脉管流动，

我进入了与天堂生命的交往，
那纤巧如一缕轻烟的生命。

但世界灼热，瞬间的脉搏被加速，
所有的钟表都病态地快步走。
我们凑巧坐上一辆没有方向的电车，
眼看就到终点，关卡，地狱。

四月植物群的魔法在咝咝响，
而汁液从树干的喉咙向外喷涌，
整个世界敞开于春天的焦躁，
仿佛赤裸之花一瓣瓣嫣红的嘴唇。

每一块石头都闷声不响地蠕动，
在马路上，如同一颗颗头颅，
每一片树叶半开半闭，恰似耳朵，
希望带走我们最后的创作热情。

白昼黯淡，春天在夕光中沸腾，
花园打着哈欠，弥漫焦躁的音乐，
玫瑰红的招贴画上有个女人，
微笑着，一只手指向地狱。

夜来临，幸福之绿色的恐怖

注入一切，月光的毒药在沸腾。

我们呢，接受音乐的驱动，

在肮脏的喷泉旁祈求大醉一场。

霞光倒映在冰凉的灵魂中

（致格·伊万诺夫）

霞光倒映在冰凉的灵魂中，

空荡荡的黄昏。

瓦斯灯在林荫道上点燃，

春天与花园在交谈。

昨天的积雪还在。

丁香花在石墙背后歌唱，

春天被点燃。

而远处传来塞壬①的召唤，

那里，穿越丁香花丛，

汽车忧伤不已。

在玫瑰火焰中的关卡，

濒临温暖的河流。

---

① 在俄语中，丁香（сирень）与塞壬（сирена）的发音相近。

整个乡村都在睡梦中，
教堂在山顶闪现，
伸出一只手。

灵魂，你将永远
在春天风暴中徘徊，
在空荡的黎明前等待，
岁月在玫瑰红的火焰中
向着南方漂流。

夜莺在花园里歌唱，
把人引向梦境。
灵魂，春天将你呼唤，
你微笑着，踏上薄冰，
向河底沉落。

在美妙的时辰，
轻雪似的丁香花脱落。
一个巨大的天使站在山顶，
在玫瑰红冰凉的火焰中，
他感到疲倦，消失。

古老的历史充满了

古老的历史充满了
蔚蓝的和玫红的星辰，
充满了霞光闪现的塔楼，
幻梦似的飞扑在桥上的蝴蝶。

黎明悄悄在罗马上空升起，
士兵们瑟缩着行走，
北极的冰块在大海中闪烁，
夜莺在大地之上的高空歌唱。

如此高远，如此深邃，如此远离大地，
一艘白船在服丧的天空中缓慢漂浮。
死寂的太阳生活在其中，
一个幽灵从里面传出歌声：

"空气中的冰块逐渐暖化，
这意味春天已来临。

你为此欣喜，哪怕今天在大地上死去，
哪怕再也看不到丁香在公园开放。"

如此高远，如此深邃，如此远离大地，
一支支黑管在桥头歌唱，
白色的旗帜升向高空，
罗马的军队向前进。

蝴蝶安静地在上空飞翔，
每个战士头顶都有铁的光环。
太阳安静地在塑像上空升起来，
新的日子也这样升起来。

"光荣属于不曾等待春天的人，
玫瑰献给不想活下去的人。"
蛇一夜莺穿着月亮的外衣，
在玫红的公园里嗞嗞啼啭。

"孩子一国王们，睡吧，等待吧，
半夜，就休息，清晨，就过来。
一切将如同在海洋上所做的梦，
一切将如同在痛苦中所期望。"

永恒在霞光中歌唱。

拿撒勒①在玫瑰丛中沉默。

———————

① 拿撒勒，以色列一城市名。

我的月亮

我的月亮，你可以重新梦见。
春天将消逝。
小鸟在梦中将变成太阳，
打碎了冰块。

春之海洋的梦在白屋上空飘荡，
云彩的光芒，
绿色荫覆温柔的闪烁多么耀眼，
那是世纪的火光。

孩子们急促地奔跑在雪地上，
他们可怕地成长，
玫瑰凋落在亮晶晶的河面，
还有星星的滑落。

在深紫的夜晚里夜莺的闪烁，
手掌的声响。

河流打开蔚蓝色的眼睛，

周围一片曙光。

血红的风飘拂在空荡的篱笆之上，

爱情啊，爱情。

惊醒群山的短促射击声，

词语的诞生。

白色屋子在隘口中的倒塌，

战争的退潮。

咖啡馆里空洞的大提琴演奏，

被月亮所映照。

你看，寒冷之蓝光多么快捷，

紧随在后面。

夜之骨骼踮起了足尖，

躲进幻想。

爱情在牛奶般冻结的雪地奔跑，

如同一只麋鹿，

但血液在脉管，永恒在深深的河底，

依然散发光芒。

哪怕有一百次死亡威胁这只神兽，

这神圣的春天，
在玻璃的大门背后，梦中的刽子手
趾高气扬地走过。

哪怕在黑暗中有一把斧子
递到我的手中，
来自世界的那个巨大的影子
显露在天花板上。

光芒蓝色的灵魂

光芒蓝色的灵魂教导
我学会沉默。我听到
喷泉梦幻的歌声，我的小花园
在沉睡，在月光下说梦话。

我缄默不语，走进沙滩，
像温柔的犍牛躺倒在草地，
茉莉花在我的头顶开放，
蜜蜂金色的安息。

我安静地睡过几个世纪，
思想的幽灵依然奔波不停，
如今躺在我的脚下，
我爱抚着自己的敌人。

我如此驯顺、如此空闲、如此朴实，
我推开了星星的光芒，

玫瑰在我的头顶摇晃，
遥远的雷霆在歌唱。

一切已经过去，一切再度返回，
我沉睡于神圣的金色旷野。
我的上帝，请把爱情带走！
就在荆棘丛生的茉莉花上空，

让火光从我身旁绕过，
让我的天使含着眼泪入睡。
由于童年的美好时光，
我终生都将告别这一切。

秋天在生命之墙的背后徘徊

秋天在生命之墙的背后徘徊，
它睁大了眼睛在歌唱。
盲目的黄蜂造访这花园，
夏天在考场上不曾过关。

一切将过去，微笑着流逝，
继续生活，轻易而恐怖。
秋天对着天空背起双手，
并在镀金的塔楼上歌唱。

黄昏时分，号角在沉思，
星星闪现，岁月在做梦。
圣洁的修士敲响晚祷的钟声，
钟声缓慢地散入群山。

生命在秋天世界里栖息，
它沉睡在海之蔚蓝，天之穹顶，

在温暖的针叶林荫覆下，
在花岗岩筑成的城堡脚下。

而在天空上，在金色的空渺中，
蓝色的道路似乎没有边际。
金灿灿的叶子安静地飘拂
在石头天使的胸口。

深夜围绕着乐队的号角旋转

深夜围绕着乐队的号角旋转，
最后的时刻在细小的地方沉没。
我用俄瑞斯忒斯的手臂将你拥抱，
我们最后一次共同跳舞。

小号最后一次演奏着霞光。
我们一边跳舞，一边憧憬毁灭。
可是，平静的海面泛起大片红晕，
鸟儿在松林公园不停地啁啾。

巍峨的别墅，窗子在燃烧，
潮湿的橙黄色沙滩在沸腾。
灵魂沉睡，已经习惯了失败，
玫瑰的另一个世界吹拂着它。

它觉得，玫瑰似乎是一个幻梦，
它们闭起眼睛，对我低语。

花花公子相互告别。淫荡的少女
那蓝色的面孔眺望着天空。

灵魂被未来的世纪照亮，
你与它们同行，仿佛走向约伯的牺牲。
你在远处与云彩融合在一起，
而我走进了默哀的轮船。

记　忆

森林中一片衣服脱落的喧闹
病弱的水中一颗神圣的灵魂
秋天浑身赤裸地在露水里洗澡
整个映象悄悄地让眼睛闭上
森林中水中一片不可思议的喧闹
灵魂在蔚蓝的天空和不存在的空间。

在森林中

玻璃球的滚动非常沉重，

生命在其中独自流逝。

秋天灿烂的阳光把它照亮，

呈现一片空敞的金色。

草儿在燃烧，蛇儿在灌木丛中咽气，

蝴蝶在红色的石头上栖停，

火车飞驰，很快就是转弯的地方，

哦，不，不能在这里停下。

纯净的水滴流进岩穴。

暗哑的灵魂倾听着声音。

而更高处是永远美丽的雪花。

你在等待什么？洗一洗病态的双手！

彼拉多的星星亲吻他们。

森林像梦一样平静，像梦一样安静。

徒然的音乐

明亮的黄昏，在秋天的公园里，
音乐在歌吟："我一定回来，回来。"
在异常美丽、异常短暂的黄昏，
心灵没有力量忘掉自己的忧愁。

白色夏天不再有喧哗的雨声，
你看，天蓝色的八月鲜花遍地。
心灵早已经习惯了迷雾，
习惯了恶与雪暴的临近。

蔚蓝的天空太过美丽。
"我感到痛苦，痛苦，我不再回来。"
音乐无聊地悄悄叹气，
心灵没有力量忘掉自己的忧愁。

祈　祷

夜已疲倦。月亮也开始西沉。
早班火车在某处鸣响。
思量时间的流失令人惊恐，
你既来不及思考，也来不及生活。

我们永远期盼遗忘和被遗忘，
我们行走，开玩笑和发牌。
莫非出现在秘密的审判庭？
莫非在空虚中可以摆脱掉恐惧？

然后，在曼陀罗花圃的出口，
就可以看见苍白、恐怖的夜晚——
恰似出自饭店窗口的死亡，
任何人都已经无力去救助。

不，最好还是借助月亮的光辉，
我来回忆旷野中的命运。

审判自我，自我贬损，

赤裸裸地转向他。

诗

中国的黄昏无限地静谧。
它就像一首诗，诗行嘟哝着。
它若有若无地轻轻触碰你，
像兔子的小爪触摸旅人。

世界一片迷蒙，雾茫茫的河水，
它再度在小巷之上飘荡，
在湿漉漉的石头上丝绸似的闪烁，
像牛奶一样永远溜走。

我不相信你，不相信自己，可我知道，
我明白，我和你都不可靠，
仿佛从高空随身携带着灵魂，
在冰雪覆盖的河面上爬行。

当朦胧的诗行一团团升起，
黄昏令人发出无限的感慨，

可是，仿佛披在肩膀上的大衣，

致命的安谧已经赶上了你。

1925

洪水的日子

1

喧哗逼近，烈火在烟雾背后燃烧。

有某种东西闪过，人们在餐厅里再度沉默。

和衣而卧，将双手插进口袋，

冷酷的否定者沉入枕头的新鲜气息。

入睡，不再思考，不再希望，不再知道。

灯光暗淡下来，顷刻一片漆黑。

生命在地底阅读一部巨大的书，

书在闪光和哭泣，它高大而又空洞。

2

谜样的心儿，你在哪里？

我在高空，在世界的界限外，

那里你们已经无能为力，

已经无法抵达。

谁了解你们，他就会痛哭，

然后在惊人的疲乏中入睡。

他将走向徒劳无益的

星光闪烁的傍晚。

3

时间喧嚣，

幸福沉默。

纸张白色的火焰

熄灭在夜晚的石棺中。

谁还知道幸福，

赶快说出来。

而天空沉默，

那里时间流淌直到日落，

滴落到"格斯别利号"白色的船舷上

上书奇怪的题词：

报应。

期待已久的暮色降临。

迟缓而奇异的

恐惧诞生。

地狱里的春天

（天空遥远的声音）

1

天空遥远的声音

和生命恐怖的声音

我今天完全都听不见

我今天不吃也不喝

我今天感受到心脏中间

坚硬的打击

我今天沦落到荒漠

那平静的黑色边缘

2

汽车的喧闹

低矮的白拱顶

最纤细的尘埃的味道

寂静

夏天生活多么神圣

夏天幸福多么短暂

夏天整个宇宙

无限地透明

恒星和彗星

金色的夏天

软弱疏远

葬礼的歌唱

雪茫茫的春天

达赖喇嘛宫中的一间屋

圣者并不需要不朽

他们并不企望奖赏

他们不等待也不害怕

他们蔑视悲伤

但是要把他们抛开再回头

那涉及腐朽的一切会变得轻松

没有奖赏也没有惩罚

去而不返的一切忘我无私

一切飞向荒漠的银光

夜　宿

唉，夙愿活着，但信仰很少。
温柔还在，但是爱情不敢设想，
小鸟在街心花园的树枝上嬉戏，
很快又重新向着天空飞翔。

河流的水与海洋的水相似，
人们的灵魂与风和花园相像，
但即便愤怒也覆盖不了街道，
也不能驱除乌云和冰雹。

幻想昂起了头颅，犹如船帆，
但我们的海洋，——哦，多么遥远！
我是否必死？但如果可以延缓衰老，
我活着，又止不住被死亡所吸引。

于是，发现了大地到处有障碍，
而天堂有不可战胜的警卫，

我就用马披遮盖了云彩，

躺下睡觉，犹如大门前的公狗。

退　却

我们珍藏着自己甜蜜的余暇，
无可争议地藏起了希望。
树木在城市的森林里歌唱，
而城市——像一支巨大的圆号。

终局之前的嬉戏多么甜蜜，
第一和最后一个都明白这一点。
要知道，一个真实的人
比天神面孔的演员消失得更彻底。

一缕透明的风不可能重复
你的话语。这是雪花。死去吧。
谁能够与无耻的黄昏去争论，
谁能够给霞光以警告？

十月旋转，像那只淡白的苍鹰，
它灰色的羽毛飘飞在天空。

但由雪花石膏雕刻的

灵魂绵羊什么都没看见。

冰凉的节日逐渐萎缩。

迷雾从这山顶飘到那山顶。

我记得，死神曾对年轻的我歌唱：

你等不到命定的时辰。

来自蒙得维的亚的诗人

（致于勒·苏佩维埃尔①）

他跌进了泥土，触地而倒，

恰似春天的黄昏所期待，

恰似萨尔达那柏罗斯王所信奉。

他多么勇敢、果断，多么人性！

他多么勇敢地相信蓝色的上衣，

相信橙黄色的温柔的皮鞋，

相信巴黎人蓝色的——蓝领子，

相信玫红的衬衣和花色的裤子！

天空之雌雄同体的大衣盛开，

淡紫色的后襟沉默地麻木，

精致的双人座的汽车

在林荫小道的草丛上翻滚。

---

① 　于勒·苏佩维埃尔（1884－1960），法国诗人，出生于乌拉圭的蒙得维的亚。

哦，似乎是，一切时光消逝，
白昼摇晃，像一个酗酒的奴仆，
某种东西显示，犹如在小庄子，
或者在自杀，或者在舞会上。

白昼摇晃并飞走——我走出来，
返回自己的屋子，像屋顶上的猫。

年　轮

白色的天空。四轮大车在喧响。
灼热的白昼开始进入暮色。
燕子低低地快速飞翔，
灵魂被夏日的痛苦尽情地折磨。

安静吧，我的朋友，不要去评判未来。
或许，上帝已经忘掉了命运，
让神圣的灵魂充满了尘埃。
嘲笑吧：任何人都不爱另一个人。

方向不明的旅行

1

燕子在燃烧咖啡馆里报纸在喧闹

首脑们在云雾中走过

火柴熄灭夏天消逝

雨点再度在有花纹的布篷之上喧闹

我的城市。

灵魂在洞窟里忧伤了多少年

聆听着球体冲压的撞击声

来自其他世界的可怜的灵魂

回家吧。

不我很羸弱

我在此很疲倦

我在此是奴隶

声音请你们说得更清楚更响些

我叙述自己的痛苦

我跌落在空洞的镜子的底层。

2

群山过早地仰望着明亮的星星

逐渐黯淡正做着离开的打算。

星星向肉体返回

蓝色的深渊缓缓敞开

那里只有泡沫在绽放。

1928

懊 悔

仿佛黑的颜色，仿佛手的美，
仿佛恐惧之安静的搔挠，
我觉得你的话语非常伟大——
我失去了它们，年轻的邋遢人。

不要举起它们，它们安静地躺着，
在污雪中，在书页的水流中
在刀的锋刃上微微发光，
为了快乐，坐在电影院里。

而在这下面，乱七八糟的灰烬，
树木的呻吟和水流的交汇，
那里弥漫着毒化的臭氧，
危险的空气，美妙而寒冷的空气。

我弓起背脊，冒雨走进陈列馆，
我写诗，我离开那些楼房，

一架看不见的自动钢琴——

如同猜测命运的一把自动枪。

印特喇①的舞蹈

金子在正午的天空中燃烧，

钟表的指针飞进黑暗。

万籁俱寂。只有一个外国人

再次复原奇异的舞蹈，

嬉笑着，分解着，克服恐惧。

他朝着某种极限冲刺，

一切都很清楚，不值一提，

奥耳甫在歌唱，最甜美的留声机。

老人在书写秘密的书籍，

燕子冲出林荫道，飞向远方，

而远方竭力冲向秘密的瞬间：

他表现的是她的悲伤。

---

① 印泰神话中的雷神。

在轮渡旁

小船上的你们是谁

我们是夏日的精灵

我们观望着旗帜

我们倾听蓝色的日子

远方传来一阵阵笑声

有人蹑手蹑脚

走进黑色的乌云

走进去并双膝跪地

大海在脚下

他很孤独

脸色比白纸更苍白

他不能把握期待已久的幸福

太阳敞开

好好生活下去吧

从瞬间里渗出的永恒

石头从冰雪渗出来

夜晚从白昼渗出来

白昼缓缓地撤退

白昼黯淡下来

我们的时间不够

疲倦太过迅速地来临

过早地黯淡下来

已经是黑夜

倘若我们能揭示可怕的秘密

倘若我们能让灵魂聆听声音

倘若我们能够触及

最后的痛苦那双恐怖而神奇的黑手

老　师

谁是你的歌唱老师？
那个来回兜圈子的人。
你在哪里遇见了他？
在永恒冰雪的临界点。
为什么你不去叫醒他？
因为他已去世。
为什么你不为他哭泣？
因为他就是我。

有过恐怖的寒冷

有过恐怖的寒冷，树木爆出裂隙。

表面上心脏停止了搏动。

月亮伫立在村庄的边缘，

光亮努力烘烤着监狱。

万籁俱寂，工厂伫立，

电车前行，在塔架前被冻结，

唯有在远方，在恐怖的距离之外，

特快列车在黑色的水塔旁喘息。

我熟悉黑色屋子里的一切，

发明者在坑洼旁边劳动，

被非尘世的倦意所击倒，

患病的雏鹰穿着骠骑兵制服躺下。

瞌　睡

旅人降落到地球的中心

道路悄悄地伸向西方

太阳

我们学会了各种事情。我们置身北极

那里冰块与逻辑的回归相似

而海水幽深

仿佛空间

一切是残余

唯有记忆在远处与上帝交谈

在飞机场上打破高空的纪录

在飞机场上打破高空的纪录

空气充满快乐和谎言

黑色的街道，眼神的轰鸣，微笑的击打

危险性

而在钟楼的影子下流浪汉吹奏着长笛

低低地，低低地

近乎无声

……他猜破了

关于十字架荣誉的内涵

他多么自由

还没有任何人知道

还没有任何人知道

还早得很

未来的岁月正在酣睡

把巨大的头颅放在

漂亮的大手上

星星呼唤他们

可他们听不到

瓦斯在很深的底层燃烧

小雨停止，马路亮闪闪

穿半高皮靴的基督坐在电车上

谁知道？

谁知道？这里没有人知道。

谁听到？那里没有人听得到。

什么都不存在

所有人都在遗忘

都在甜蜜地打哈欠

都在缓慢地呼吸

安静，如同河虾倒退着躲进了黑暗

幸福倒退着躲进星光灿烂的世界

太阳发着愁

春天在闪烁

我们永远无法从幻梦中苏醒

我们啜饮鲜艳的柠檬

我们啜饮鲜艳的柠檬旗帜在我们上空叫嚷

海鸟们在相互对骂

轮船向着北极驶去

丰满的太阳安睡在神妙的剧院里

在布景的灰尘里巨大的城堡倾斜

在不真实的角落下

在空荡而黑暗的大厅里坐着幸福老人

脚穿破皮靴

吸着廉价的大烟卷

闪烁着日落的毒火焰

在侧幕的灰尘里

而飞艇在向上漂浮

人们叫嚷着消失

远方沉默着出现

已经下雨了

由内向外由过去向未来

在自己灰白而柔软的手中

带着水手们最后的粗犷

银莲花的低鸣沉睡在电中

银莲花的低鸣沉睡在电中

日落的金子返回黑色的河流

开始由于黑雪变得痛苦

那一年铜蛇死去

骆驼朝着山泉以外的荒漠出发

泉水沿着墙壁升起来

飞檐望着遥远的大海

小猫沉睡在虚无的边缘

某人说着梦话

奇怪地微微抬起手

说的是最恐怖的事情——

说的是背叛

为什么痛苦不会过去？

为什么痛苦不会过去？

因为是在内部悄悄地过去。

电动的黑脸塑像在安睡

银莲花在站岗，而太阳鱼

面对痛苦束手无策。

哦，钟声

哦，钟声

哦，丁香花丛中的女妖

哦，从百合花中流淌出的黎明

最简单的事——是死亡

最困难的事——是忍受

大门开启之后重新是街心公园的街道

我走进一个又一个房间

梦幻追随着我

我的大衣在昏暗的月光下微微隆起

我倒下，它也随我倒下

哦，太阳

如何传递咀嚼哭泣的眼神

而地下的蓝色中枯萎

太阳不再落在我的窗口

钟声拒绝

沉默。鹅毛笔入睡的时辰已到

丁香花渴望着永恒，入睡已久

面带着死去少女奇怪的微笑

哦，狮子

请关闭女王的梦幻之光

天空的声音几乎听不见

天空的声音几乎听不见

冰雪和草原多么幽深

谁在那里行走、睡觉，不呼吸？

风的玫瑰环绕着飞行

寂静在床上卧躺

深深地痛苦

它梦见另外的时间

在它的窗旁

魔鬼书写着诗歌

睡吧，新生的婴儿

天太早天太黑

朝霞血红的火焰正在睡觉

白昼的夜多么深邃

轮子，鬈发，六指手掌和照片

轮子，鬈发，六指手掌和照片

开始出现，但小船并未沉没

一千只脚和音调

也无法帮助她入睡

因为子夜来临

月亮疲倦，没精打采

早晨即将来临？——有人问道

不——有人无力地答道

没有报酬，没有奖赏

神圣的一切逐渐在腐烂

幸福的塑像

幸福的塑像高高地

站立在屋顶上

从黄色的霞光海洋里

观赏着生命的诞生

一切在它看来，都觉得：

时辰已到，无底深渊正在敞开

人们的嗓音亲吻着大地。

白桦树崇高的生命

白桦树崇高的生命

唯有树叶留在了海洋里

海岸忘记了海水

海船忘记了自然

别墅用翅膀拍击着屋顶

海鸥向北方飞去

旅行者在那里被冻僵

可以吞噬他温柔的嗓音

海洋的手

似乎是白色的

月亮在浅蓝色的钢琴上

月亮在浅蓝色的钢琴上

演奏着小夜曲

我们躲到柱廊的背后

探身观看和等待着

但是那比任何人都更怕声音的人

却来击打它的背脊

月亮的玻璃小丑不再出声

银色的血液流失过多

它的脑袋滚落到

远处黑色的矮树林背后

别了，月亮。月亮的刽子手

生活在玻璃的雪屋中

他的岁月在气球上

悄悄地飞向太空

一切已成过去，他也已忘掉

曾经杀死过自己

你是谁？

你是谁？你不太了解我

我住在沼泽背后，在黑暗背后，在森林里

明亮的光点在空中诞生

黑暗里，小小的月亮悬空安睡

你是谁？我就是那个隐居者

瞬息间牺牲，悄悄地腐烂

我是在遥远的星球上安睡的声音

我是生活在遥远的宇宙的国王

没有人听得见我

一切在缓慢地呼吸

一切在冬天的霞光中幻想

幻想着国王

在沼泽地的上空歌唱

一年又一年

向大地俯下身子

恐怖的太阳睁大眼睛升起来

而夜的精灵躲进了迷雾

仿佛温柔的醉汉沿着熟悉的道路

从林荫道和街道走回酒馆

幸福的纸牌和悲伤的纸牌

幸福的纸牌和悲伤的纸牌

静静地从天空向窗台上掉落

可是没有人倾向于生活

所有人都闭起眼睛眺望远方

那里的一切安谧而开阔

所有人都在为邻近的声音而痛苦

向幸福洒落多么恐怖

向生活返回多么荒谬

像一块绝望而幸福的金子

丢入阳光下的大海

蔚蓝的眼睛睁开

金色的书本合拢

从四个角度否定世界

从四个角度否定世界

沉浸在四个梦中

被四种闪光所遮蔽

最初我们如此希望

鸟儿如此向我们鸣叫

只是我们没有回答

不倦地不予理睬

在忧伤那恐怖的风吹下

我们张开自己的船帆

如此喜欢停留在空中直到清晨

砸碎锁链

砸碎锁链——铁器如此温柔地呼吸

石头号啕大哭

但是没有人听到

没有人和他交谈

气球上的石头姑娘

升起在天空不停地微笑

而哲学家在海底演奏小提琴

锁链叮当响

他被禁锢在海底

骆驼缓慢地在撒哈拉沙漠

走向南方

一切都徒劳无益

一切都失去了使命

安静和星光灿烂

城市在死的生命之上喧闹

幸福默不出声

七月过去了

七月过去了，这冷漠的躁狂者

它在南方河流的冰块里安睡

雪白的云彩中点燃玫瑰的灯盏

一个个月份在相互取笑

暑热在子夜的冰块中安睡

而雨水开始滴下来

隐士在氯仿麻醉下歌唱

隐士在氯仿麻醉下歌唱

玻璃书在他面前旋转

他被金链所桎梏

被禁锢在宇宙的最底层

远离生命

但又并非完全死亡——

这是恐怖声响的预感，

黎明所穿越过的半梦半醒。

寒冷，瞌睡，

黎明前的痛苦。

树木在宇宙的最底层晃动

而雨点

渗入了灰白色的大衣。

轮子歌唱

轮子歌唱

很久很久以前

我们还是另一种模样

我们被亲切地召唤到窗前

重复着一个奇怪的名字

可我们忘记了这发生在何时

忘记了是否发生过

一切正在转化

一切正在返回海洋

雨水冲刷着大地

而记忆

别了

我们走进了冰冷的明天

你——走进了天堂

火轮船散发着烟雾

火轮船散发着烟雾

螺旋桨搅动水沫

塔楼那边坐着一个怪人

凝视着春天的黑暗

战胜非人间的恐惧

可是恐惧狡猾地躲进了

尘土

傻瓜疲倦地返回

黑暗

黑夜永恒的空气谈论着你

黑夜永恒的空气谈论着你
你要像夜一般安谧，你要顺从命运
完全赞同石头的飞翔
赞同岁月金色的消逝

你将安息在自己的祈祷中

我在你的边界上生活

我在你的边界上生活

哦灵魂，哦胜利的海洋

夜横亘在你我之间——远离明亮的白昼

高高在上，直到黎明

我在你的边界上生活

石头和我悄悄地交谈

太阳在黑夜神圣的蔚蓝中安睡

汽轮在我之下前进

旗帜在晃动。那里海鸥海鸥在歌唱

汽轮向南方前进

但我不再观看——

我把一张孤独的铁面

转向超自然的夜

哦斯维特兰娜

来吧，快来吧，现身吧

倒映在蔚蓝的约旦河水中

吻一吻约恩

吻一吻约翰

紫罗兰在地下室中玩耍

紫罗兰在地下室中玩耍

那里死亡的星星在坟墓的黑暗而伤感

唯有幽灵打开了窗子

清晨来临

他们感到如此痛苦掩住了面孔

直到日落时分

日光消逝

一去不返

而深夜火光出现在高楼的墙壁上

鲜花倾近着无底的深渊——

深渊诱惑着它们

下面宇宙的灵魂在沥青马路上游荡

寻思着如何进入这美妙的大楼

长久地游荡，脸儿紧贴着石头

与冰凉和死亡的脸儿低声地交谈

然后入睡

从舞会上返回的人

用醉醺醺的脚踢动它

饥饿的人仰望着天空

饥饿的人仰望着天空

沉醉于激动的蔚蓝

痴心于金色的云彩

忘记去寻找夜宿的地方

陷入瀑布的光芒中

安静吧，丢失了悲伤的人

做出一个安静的决定

不再谈论神圣，不再谈论命数

也不再怪罪什么

只是竭力去实现

你曾经的许诺

就这样活着

你别着急去看什么人

你别着急去看什么人

用玻璃和鲜花遮掩起自己的眼神

躲开瀑布的光芒

而美丽的旗帜

与一张洁白的书页

共存在黑脸庞上

就像一只金表

巨大的时间在里面躲藏

期待着自己遥远的标志

在舞台背后自己秘密的声音

为的是举起金板

解开棺材的绑带

地下室的太阳在铁链上行走

地下室的太阳在铁链上行走

那里摆放着巨大的书籍

书中的门窗尽数敞开

通向别样的世界和梦幻

在墓室深处，在监狱里

在地底下举行弥撒

或许，那里离地狱很近

鲜花一般的电话铃声响起

那里远离世界的钟表

在火中歌唱和忧伤

哦把地下室和厅堂打开！

建筑倒塌

建筑倒塌

清晨的太阳照耀着残柱

夜莺在残垣断壁上歌唱

但歌唱什么——我不明白

大门口撒满了鲜花

清晨蹚过了黑夜

清晨来临

周围一片春意

你已疲倦入睡吧

你的家不在这儿

在每一朵玫瑰的背后

在铁的阴影里

此刻厄运在闪烁

此刻我在地狱中

安静点，灵魂

安静点，灵魂，那里太阳在屋顶上

不要喘息

这里布满灰尘的地板在闪烁，而更高一点是

芦苇

那里基督坐在屋顶上

没有灵魂

可怕的炎热。静静地企盼

孩子们在苦难中入睡

年轮在黑暗的河流中等待

时间惊醒世界的幻影

永远在正午的闪烁里

在墙壁上

戴着锡制头盔的士兵在走动

若有所知

光线照射在玻璃钟表的齿缝间

在天堂的高塔中

一切将像黎明时太阳的讲述

将像钟表平静地重复

在蓝色中

这块石头的诞生非常恐怖

这块石头的诞生非常恐怖——

飞向坦白的峰顶

美杜莎的淡蓝面孔在我们面前出现

黎明

在这一诞生之后

在石化的鲜花背后

在石化的慵懒背后

跟踪希腊的头颅多么恐怖

它亲近勒忒河的温流

我们大家都在这里死去

我们都热爱生命

吹旺蔚蓝色的火焰

蔚蓝的春天之火

子夜的地心之火。

多么奇特，多么荒凉

哦，这一个黎明——

仿佛死亡的天使

灰蓝的白昼非常偶然地牺牲

灰蓝的白昼非常偶然地牺牲

它从幽暗的窗口跌落

某人在黑暗中偶然地说话

钢琴自梦中隆隆响起来

可怕，沉闷，石头的手

不可能从桌子上抬起来——

黑夜茫茫——石头的手

伸向东方拥抱光明

不，月亮如同蛇的面具

低声说着什么："一切过去，忘了吧!"

安静，时间，一支蛇歌

啮咬着石质的胸膛

十字交叉的风

十字交叉的风，靛蓝和躁动的黄昏

书页奇特的裸光

在幽暗而虚幻的屋子里塑像书写

自己的日记

我的上帝乌什罗夫的屋子

是如何缓慢地掉入湖中

在厚重的冰块下莫扎特的心脏

是如何默默地叩击

嘀嘀嗒嗒

更轻更轻

我依然虚弱

而光芒依然高远

嗒嗒嘀嘀

就这样

我聆听黑暗

没有人能够帮忙

没有人能够做到

还不如把黑色的湖泊高举到

天穹

一切非常恐怖一切非常静谧的东西

一切非常恐怖一切非常静谧的东西

那些在梦中述说的东西

那转化成石头的东西

还在歌唱

时间流向南极鸟的花园

时间，再见

我们憎恨落日的美

我们抬不起白垩的脸

与冰块冻结在一起的脸

我们以额触地：

那里在底层

在巨大的锁链上

基督在阅读一本铁书

我们永远和他在一起

再见

疲倦者的歌唱之链

疲倦者的歌唱之链

在夕光深处振响

他从自然的深处歌唱

但声响没能赶得上死亡

而一切看起来没有什么变化

地面像房间一般喧闹

黑色的壁纸沉默不语

洗脸池也沉默不语

四壁内的水儿一直叫嚷到日落

在水管和淡黄的灯光之间

从成衣中伸出一只手

仿佛庙宇中的帏幔各分一边

死亡投进了自己的怀抱

从激动的音乐家狂热的手中

从激动的音乐家狂热的手中

冰冷的音乐流向窗口

汽轮躲进了船坞

可怜的街心公园充满了月光

他倾心于街道的火光

他清楚地看到屋顶的一座塑像

她从黑色的垂直面看着

电影的星光如何燃烧起来

而蒸汽洗衣房悄悄地

呼吸着微弱的生命

而在地下室，在银行的脚跟

隐居者阅读一本肮脏的书

那里有许多奇特的圆井

星星在飘浮，云彩在变化

嗓音平静地响起来

而远方的所有人都被套上了锁链

突然在片刻里沉默

半闭着眼睛微笑

我们忘掉了早晨

我们忘掉了早晨

塑像在亭子里逐渐衰老

冰面上泛起一片黄色的反光

在我们的屋前有人

从世界的高空掉落

掉进超自然光线的悲哀

黄昏在小诊室里演奏钢琴

白色大厅里灯火通明

这已经是很久以前的事情

披着纱巾的女人编织阴间的旗帜

死亡的小战士把十字架摆放在窗口

安娜·卡列尼娜在火车站忧伤地歌唱

这是否曾经发生

或许仅仅是一个梦

我不知道

我醒来——什么都不记得

火车头在非洲喧闹

火车头在非洲喧闹

在黑色的天空

在奇异的黄沙中间

在坟墓的入口处

那里有无数大厅和走廊

而窗子迎向天空

而下面土地已模糊不清

火车头逐渐升向高空

沼泽地的空气蛇一般绕行

我们在那里生活

我们建造一座小塔楼

深夜它逐渐生长

直抵善与恶的天空

我们怀着昨天的惊奇醒来

星星闪烁在我们中间

逝去的岁月在窗台上

圣母穿着白色的长袍

踏着白色的石头在梦的沉默中

行走

手掌心握着

一枚歌唱的玻璃球

沉默的撒哈拉一片静谧

沉默的撒哈拉一片静谧

到处是夭折的翅膀

僻静的白色城堡

挡住了车轮的滚动

地底的坟墓中是恐惧和痛苦的沉默

可是从远处沼泽地中

迸涌出一条

不见光亮的恐怖的白河

在巨大的塑像的更低处

影子在蠕动

气球在蔚蓝天空中

升得越来越高

气球的影子在屋顶上徘徊

突然有什么东西掉落

河水迸涌

赫洛斯特拉特的影子比老鼠轻盈

太阳不曾升起

只有一个声音在说：

你们是对的

但是无法补救——

不可能抵达

向黑色的草儿俯下身子

睡吧，死去吧

那样比等待更轻松一些

我们梦见了这些声音的流浪

我们梦见了这些声音的流浪

可我们露出了微笑

隐居者在我们上空歌唱

抖动自己的锁链

可我们在冰雪的床榻上

永远冰冷的床榻

巨鸟在海洋深处飞翔

白雪的梦幻落入我们的深渊

掩盖我们平静的面容

和受到翅膀击打的声音

像死亡一样疲倦

从劳作中解脱走向天空

躺在了天堂的边缘

他们不再希望

他们不再希望活下去，不再发出声响

脸色苍白的书籍亲近一只只铁手

脸色苍白的书籍亲近一只只铁手

一切在那里

所有的面孔

春天不敢在周围开放

一切都安谧

火车头在荒漠中喘息

通往天国的入口

在黄色的沙漠中隐没

火光和云彩在天国中变化

手儿悄悄地松开

突然星光满天，温暖和美丽

洁白而清朗

嗓音告别了自己的云彩

你好，美好的节日

生命对死者而言是那么轻松

不同的城市上空闪烁着相同的星星

不同的城市上空闪烁着相同的星星

空间的不可能性

小溪里一块碎玻璃拥有太阳

千里之外依然明晰

湿漉漉的树叶仿佛天堂的特种兵

悄悄地扑动

绿色的翅膀

那一天离天穹很近

直接冲出电车

神态安静

蓝色的外表

赫斯别利特花园

难道你们从来都不希望变得更纯净?

高的世界可怕地安静

高的世界可怕地安静

那里时间聆听深渊

下面是可怕地安静

在恶的轰鸣声中

唯有缓慢而温柔的声音

远远地和罕见地产生

又马上倾向

死亡的惊惧

上帝，在那高的世界多么地安静

善多么少

大家都沉默

无数个世纪玻璃天才阅读的

依然是同一页书

唯有庙宇里的祭司

在黑色的钢琴上演奏

疲乏至极

沉入梦乡

神圣的竞技运动员

他不会摘下铁手

他给了我们所有的声音

为的是让沉默不去亲吻永恒

告别视觉的永恒

告别视觉的永恒

缓慢地转向短暂的时间

我们走进铁制的大厅

挂着蔑视的笑容

疲倦地俯下身子

很快入睡。

谁在呼唤我们?

我们仿佛听到一个声音。

这是雾的小号——

这是紫罗兰的歌声——

这是雪花的小提琴?

不。这是怜悯心——

这是铁链的响声——

这是火车站苦役犯

那秋天疲倦的声音。

哦,可怜可怜

哦,离开这世界

哦，和我们一起死去

诅咒黎明

时间悄悄地吹奏长笛

沉默，大笑

它惊醒了露珠

森林里将会有幸福。

谁记得心脏病的发作

谁记得心脏病的发作

玻璃墙可怕地颤动

仿佛恐怖事件的河流

从无底深渊中迸涌而出

而时间已经来临

而瞬间正在接近——

你记得，你看见，你知道

你忘却，你入睡。

突然残酷性向后撤退

奇怪的爪子松开

一个外国人躺这地上

什么都不再幻想

脑袋冲着地面

在寒冷的雨水中沉沉入梦

没有人可以去其他地方

没有人可以去其他地方

所有人都待在自己的星球上

所有人将在深渊中消逝

所有人将相互忘却

哦空间多么残酷

哦北斗星温暖的光芒

多么遥远——

这景象的背后是什么？

这是星星地狱的场景

需要如此

怜悯就如此诞生

柠檬树的忧郁

柠檬树的忧郁

落进了火山的烟雾

另外世界的朝圣者

在喷气孔旁长眠

世界高远，安谧

迎向未来的时间

仍然无法抵达

自由

在未来的生活中应该如此

在未来的生活中应该如此

我们既不睡觉，也不哭泣

我们不会在黎明时分躺下

在日落时分与生命告别

一切将是明朗的

一切将是安静的

在大楼里有数千级台阶

数百万旗帜

显然是惊人地遥远

没有什么去补偿

没有什么去遮掩

你死于黎明

从床上跌下来

我感到寒冷

我感到寒冷，瓦斯在平静地燃烧

神话一般——它出现在我面前

胜利在自言自语

梦幻充满了胜利深处

胜利在此主宰一切

在瓦斯灯光下写作多么困难

蠕动着铅色的手

小船在眼睛中间行驶

大海变成了关于大海的梦幻

音乐在地底响起

音乐在地底响起

可它来自何处？ ——囚徒感到惊奇

要知道周围幽深而偏僻

只有无梦的石头

他听到仿佛有人在呼喊

仿佛有人在低声哭泣

时而平息，时而响起

仿佛在深夜苏醒

有声音在黑暗中交谈

他就这样置身所有的塔楼中

亲近所有的地下室

他聆听疲惫的城市

他聆听年复一年的时光

铁拱门落下来

他安静地交叉起干枯的双手

闭上眼睛回忆所有的声音

他将对每一个歌唱者

坦白这一切

远方鸟儿的意志

远方鸟儿的意志

不可接近

由于临近天堂

它们正在死去

掉入无底的深渊

遥远的故乡

它们冰雪的声音

向我们啁啾着更好的生活

可我们把它们叫到跟前

我们恸哭着把它们叫到跟前

它们栖停在幻梦之上

它们停止了呼吸

那从海底浮起的事物

那从海底浮起的事物

是古老的毒药

它搅浑了海水

让船只丧失了自由

而天空飘浮着云彩的火焰

远方梦幻明亮的光芒

而水手在呼喊，水手在呼喊

举起双手失声痛哭

天空死去——一切进入冬天

被俘的太阳带着铁镣转动着身子

幽灵沿循星星的轨迹回家

什么和您在一起？

什么和您在一起？

没有力量举起

雪暴

上帝，多么希望入睡

拥抱雪花的床榻

痛哭一场

闭起了眼睛

群山布满皑皑白雪

岩石闪烁着冰花

无数世纪的冰雪

我们的屋子在冰雪之上

我们亲吻冰雪的链环

天堂日子的尽头

天堂日子的尽头

充满了喜悦与惊奇

数千里外依然清晰可感

从黑暗的高原村庄

到闪烁的星星

一直如此

日子就这么过去

对幸福而言，它太高

对生活而言，它太远

圣餐的荣誉

祖国的旗帜

上帝，多么奇怪——我看不见您

我听不见自己的话语

我听见的是奇怪而恐怖的音乐

要知道我就在天堂

我正在转化成静止

太阳，请从光明中醒来

太阳，请从光明中醒来

夏天，请从幸福中醒来

塑像，转过身去

返回古老的痛苦

无边而疯狂的风儿

人间不可原谅的痛苦

恐怖的短暂的疯狂的瘟疫的呼喊

因为呀哪怕失去了脑袋的

战士能够复活

依然如故，依然在深渊中

将大规模地响起来

异己的瘟疫的疯狂的呼喊

而——恰似一只黑色的手指——

扎进光明的心脏

天空是一个幻影

天空是一个幻影

大地是一个预言

而良知——是一个遥远的声音，

声音遥远的回响

像雪花一般缓慢地飘落

咬着尾巴的时间沉默不语

我看见梦中的雪花

咬着尾巴的时间躺在雪地上

我躺着做了一个梦

雪花多么沉重

岁月多么漫长

春天不会来

因为我们就这样抵达

自由

沉重的天使在地底下躺卧

沉重的天使在地底下躺卧

数百扇大门在他的上方关闭

数百级铁梯被撤除

数千名信使被杀害

雪花飘向数百道门槛

拱门落下来

他梦见了铁镣

更低更偏僻

死亡的灵魂

我们死去——复活

我们忘却生命

没有人知道瞬间的链环

没有人知道瞬间的链环

何时会断裂

何时可以长眠不醒

永远长眠——

在大地深处

交叉起美丽的双手

忘掉可怕的声响

在石化的嘴唇上

永远绽露微笑

伸手触碰

星星……

街道点燃了自己的火焰

街道点燃了自己的火焰

雨水漾起闪亮的波浪

可怜的人竖起衣领

云雾遮掩了街道

静一些，寒冷——我们在深渊中，我们很孤独

我和您在一起

在铁栅栏的背后

在地下室的石块背后

在厚重的墙壁背后

躺着一支金色的小号

基督端坐在椅子上

他正在安睡

手中紧握金色的小号

基督即将苏醒

街道湿漉漉

街道湿漉漉，火焰在雾中点燃

下着雨

我们口袋里揣着福音书在行走

我们向前走

我们知道：

在地底下

在地底深处

基督坐在椅子上

手中握着宁静的天平

天平晃动——基督将醒来

举起一只手

我们回忆起一切

夜伫立在白色的道路上

夜伫立在白色的道路上

面对巨大的城市

那里高高的窗子等待着

而远方却远远地消失

烟囱过多地在鸣叫

世界已经入睡

疲倦地倒向深渊

为什么这么快就变黑？

因为幸福已经疲倦

没有人能够放弃

没有人能够放弃

转向冉冉升起的朝霞

那里树木在窗口摇曳

夜在蓝色的玻璃上闪烁

所有人在喊叫，所有人感到疲倦

用手撑起额头

所有人都与最后的梦幻告别

第一列火车在河对岸行驶

清晨悄悄地揭开窗帘

死神穿着灰色制服走进来

死神走了进来——纸牌掉落

张望着玻璃球

谁走到了中间

谁走到了中间

就只能停住脚步

他不相信回头路

他幻想的只是入睡

没有道路转向恶

烧得通红的轨道——便是善

太阳久久地徘徊

太阳久久地徘徊。疲倦地

走进街区的地下室

在角落里入睡

秋天悄悄地在天堂里苏醒

谁还记得我们？所有人都把我们遗忘

我们是另类，我们是新人

我们是如此羸弱，脑袋疼痛

依稀能听见我们的话语

但或许我们还知道点什么

那是灿烂的时间所不知的东西——

为什么要如此可怕地死去

如此疯狂地生活

一切如此明了——我们将残忍无比

我们是另类，我们焕然一新，我们严酷

我们珍惜每一个单词

基督荆冠上的每一根尖刺

我们平静地站在十字架的阴影里

普通而美丽的金十字架——
这是普通的金色世界
黑衣骑士悬挂其上
我们以额叩地向他膜拜

一切安谧

一切安谧，珍贵的声音

平静地继续自己的祈祷

冰凉的泉水为真理服务

蔚蓝的天空倒映其中

而怜悯在泉水深处闪光

那里苦行僧摆上白色十字架

但魔鬼想喝水却不能走近

他渴得要命默默落泪

突然小十字架浮出水面

顺着小溪它边游戏边流向远方

在泉源干涸的时刻——喝点别的什么

但水的天使生活在天堂

石头默默地孕育出水

石头默默地孕育出水

太阳

静静地沿着那条道路升起

秋天望着金色的远方

泉水在深深的悬崖中沉默

或许上帝那里已经下雪

在天空白色的外表上

在天空白色的外表上

铁树在颤抖

城门逐渐黯淡——瓦斯灯点燃

病人从卧榻上站起来

在低矮的街心公园里守更的月亮

吃着冰激凌

一切是那么残酷而灼热

一切都大汗淋漓

结核病的手仿佛邮票似的粘在一起

抓紧了生活

可她不耐烦地看着桥上的夕阳

她已准备做出让步

在公园上空熄灭

当幽灵感到疲倦的时候

当幽灵感到疲倦的时候

骚乱却依然精力旺盛

一切在动摇，一切平息下来

可恨的街道还在喧闹

白昼在云彩的阴影里气喘吁吁

黑夜仿佛黑色的液体

从各个角落向外流淌

不需要紧紧拽住生活

不如直接到最底层

避开敌人在黑暗中美美地睡一觉

清晨带着寒意窥视着窗口

雕像在读书

雕像在读书，婴儿在睡觉

夜莺在沼泽地上空伤感

泉水并未在自己的泉眼里沉睡

星星映出反光，地球在旋转

雪花飘飞，穿上衣服的树木

像铁棒似的敲击着灰蒙蒙的

日子，天空有一道光线——

这么晚了，谁在那无底的穹顶行走？

寒冷，静寂，没有人知道我们

我们被隔离进寒冷与幽暗

唯有路灯在窗台上计数

数不到一半就死去

一道光线透过幽暗亲吻我们的双手

书籍在塔楼里窃窃私语

书籍在塔楼里低声议论：

好久都没有人打开过我们

除了满身尘土的隐士

可他永远只读福音书

书籍在日落时分低声议论：

往昔城市的秘密隐藏在我们身上

还有盗取天火的道路

我们像士兵一样默默地站在这里

塔楼里的老者早已不在人世

我们在深龛里打盹，看不见光阴。

小个子的隐士默默地聆听

（高个子的僵尸向他走近）

他打开唯一的一本书

走进书中合拢封皮

不论僵尸如何击打自己的好友

哪怕一丁点儿他都不再打开

书籍在议论

书籍在议论：我们多么衰老

我们早就被合拢，我们被忘却

我们站立在巨大的石棺中

在尘埃中低声谈论过去的战斗

又一次在东方

又一次在东方

在小小的工厂里轮子转向清晨

电流在生铁线圈中活动

十月的灵魂转向低矮的堤坝

它陷入河流冰凉的泡沫中

灵魂高举起东方的铁旗

工厂里的喧闹动静儿不大

流水陷入云彩的骗局里

铁链子的末端

紧扣着小小的壁龛

在云彩激动的蓝色中失落

仿佛这世界上就只有那样的链环

把河水与高高的云火联结

空旷的屋子充满了玻璃

空旷的屋子充满了玻璃

小小的屋顶那里灌木在生长

黑色的堤坝那里时间在喧嚣

仍然不敢返回大海

日落时分工厂在悄悄地叩击

那里轮子在歌唱冻僵了的生命

首先是下水道的玻璃掉落

月亮映照它们，月亮摇晃它们

鸟儿在白色的云空里歌唱

岁月沿着大绳索躲进子夜

鸟儿在黑色的酒精中感到焦渴

太阳正在返回。白昼在求人帮助

沉思中的工厂滚动着轮子

滚动的城市的双手

滚动的城市的双手

深深地插进海水

在空旷的屋子里报纸升向天空

蓝色的气球在沙滩上滚动着奔向自由

到处是需要的白昼只是它

并不在生活之上

鲜花在大海中休息

冰冷的霞光对鲜花低低哼唱

一些人们不理解的歌儿

它们绽开笑容，它们摆脱掉命运而休息

它们巨大的脑袋垂向地狱落进梦中

永恒晃动着海水

永恒晃动着海水

堤坝的轮子在喧响

人类之子在日落时分

降临在灰色的水藻中

雪花准备飘落大地

松枝儿在摇晃，摇晃

仿佛再度回到封闭的日子

梦幻担心掉落大地

雪絮儿悄悄地聚集在一起

一切像从前一样

一切希望光阴逆转

希望不再存在

无端端哭泣

忘掉自己

玫瑰色玻璃的永恒

玫瑰色玻璃的永恒

我们觉得是命中注定

遥远金钟的轮子在其中旋转

塔楼里锤子击打

为恋人们锻造十字架

运用钢铁材料——（他们没有金子）

那在河流中喧嚣的一切

远远躲到黑色的堤坝背后

太阳入睡，仿佛少女稳重的手中的一块煤

太阳变化无常

它逐渐远去，安静一点

太阳掉落到冰凉的水中

太阳掉落到冰凉的水中

时间在堤坝中喧闹

燕子窜向旷野

沼泽地暗自伤感

工厂有节奏地敲击

太阳在影子里洗澡

一朵异国的小白花

有人迷失在沼泽地里

走向大海寻找自由

火车朝着别处疾驰……

一根尖锐的金刺

一根尖锐的金刺

扎进玻璃的心脏

良知快速旋转进深渊

在水藻堤坝旁的桥梁上

沐浴在恐怖的黄色夕光里

白色的邮票被摊平

还有正在为今天头疼的病报纸

在冰凉的火焰中熬煮

在低矮的屋子里

时间弹奏着钢琴

高高的玻璃在秋天的倦怠中闪烁

而岁月已经死去

被堤坝所阻挡

河流很难返回神圣的春天

小小的生命演奏着钢琴

小小的生命演奏着钢琴

在半死不活的工厂里伴随轮子的响动

时间在沼泽里悄悄地洗澡呆然不动

小小的溪流里有巨大的游鱼

在晦暗不明中闭起眼睛

透过空洞的望远镜

冰凉的天空一目了然

那里有无数颗星星

仿佛每晚都在闪烁光芒

与此同时有人默默地爬上了桥梁

沉默

电灯点燃

电灯点燃，人们在读书

金钟的幻想伫立不动

朝圣者在深渊中挑选好枷锁

慢慢地跳舞。花园在做梦

死亡的大门口一切安谧

梦幻的时间在堤坝上阅读

慢慢地在水中划出圆圈

光明在世界上空高高地飞翔

一切在森林中沉默，世纪夜不成寐

雨水在金手臂上行走

死亡在遥远的黑暗中呼喊

可是忙碌的鸟儿却充耳不闻

一切暗下去。死亡从远处翩然而来

雨浪遮掩了树的骷髅

雨浪遮掩了树的骷髅

更远一点——沼泽地，那里堤坝幻想着生命

雪白的勤劳者在小工厂里沉睡

唯有轮子在自转

一切很近，一切在那里——在河那边——

无限地远

一切永恒

一切在此

一切无处可在

静的声音

声音……

金色的远方

金色的远方。云雾安睡

秋天在黄色的树叶间入睡

水底深处依然清澈无比

你的踪迹在那里消失

日子在那里快速地消失

仿佛斜坡上的透明石

更远处的石头更沉默更浓黑

水儿滴下来，波浪在喧响

大轮子转动着时间

大海洗刷着水手的踪迹——

平坦、温柔，模样可爱

沙滩在沉睡，整个云彩的重负

压倒了影子的王国

日子早已被所有人遗忘

徒然地等待着影子的降临

精神自动地疯狂歌唱

精神自动地疯狂歌唱

自动地无边的世界是枉然的

水在闪烁，春天飞向冰层

躺下，睡觉……你的功勋是枉然的

担心遗忘，担心在太阳下疲倦

阳光的黑暗冒烟如同松树

一只手触摸月亮而火焰逐渐凋萎

旗帜在黑暗之上秘密地耷拉下来

蛇儿爬出了光线爬上嘴唇

光焰闪烁，蜡烛逐渐黯淡

从地球望出去：黑子在太阳身上生长

来自光线的黑子在你身上诞生

离别的雪花洁白

离别的雪花洁白

痛苦的嗓音嘹亮

睡吧，入睡吧

一切垂直

一切延伸着触及自然

黄昏或清晨

我不知道

黄昏和清晨都已在瀑布的火焰中安睡

那触及我的东西居住在太阳中

那触及我的东西居住在太阳中

太阳居住在冬天里

冬天居住在黑暗里

那接近我的一切

正在转化成瀑布的水银柱

（一切安静，夏天溶化在口中）

太阳摇摇晃晃

时间走到了尽头

古希腊执政官紧紧依偎着大地

黑暗中世界的灵魂在桥梁上放声大笑

阳历年和阴历年是相等的

阳历年和阴历年是相等的

时间触及崇高而纯洁的命运

时间与自由的黑色强力相抗争

星星的手在蓝色的火焰中碎裂

世界的宿命在等待，而冰凉的手

拥抱纯粹秘密的世界

仿佛拥抱月亮精神在其中游泳的玻璃圈

世界的宿命怀着悲伤的表情在等待

时间秘密地攥紧铁手

手守护着神圣的大印痕

恐惧就这样诞生

恐惧就这样诞生。恐惧由于光明的

退却而诞生。浓缩的人类看见了上帝

天使害怕石头

世纪害怕时日

钟楼的影子害怕掉到大路上

永远温柔的人奔向被遗忘的角落

痛苦孕育了对美丽新娘的反感

甜蜜的质量拥抱着空间

痛苦的质量点燃了星星

安静，我的朋友。世纪在那里注视着我们

火焰在更高处敞开梦中梦

安静，我的朋友。幻梦破碎

可要知道你也是一个梦

安静，悲伤

安静，悲伤。顺从吧，雪花的声音

我们挨不到更好的时光

黄昏缓缓地从天空降临

安静，痛苦，精灵正在安睡

她们梦见了冰凉的石头梦

世界上将一无所有

一切被纳入火焰的闪烁中

时间就这样快速地遗忘一切

在白昼灵魂的幽暗中

在白昼灵魂的幽暗中

有人在自言自语

灰色的白昼在屋子里黯淡下来

或许生命已经离开

这就是一切

列特海滨一片安谧

依稀能见到海水的发辫

在轻拂蓝色的沙滩

这就是一切

相信寂静是徒劳的

寂静仍然是寂静

高度仍然是高度

嗓音在墙背后沉默

海岸遥远

海岸遥远，平静的海面

不可能诉说温柔的话语

夜莺在啼鸣

黄昏临近

人儿沉默不语

人儿祈祷

有人记得一切

并怜惜所有人

这里的一切如此虚弱

罪孽近在咫尺

祈祷吧为所有人哭泣吧

星星，玫瑰，云彩

星星，玫瑰，云彩，

来自远方的低声呼唤，

脏水池上空的夜莺——

你觉得一切都是奇迹

仿佛这一切都能在此生存

询问过过路的火

你不要去看云彩

那里诅咒呈现着太阳

你不要去看云彩

那里诅咒依赖着弱者生存

不要在黑暗中呼叫——黑暗中没人听得到

请打开售货棚

扭歪被涂抹过的嘴唇

呜呼，即将死去的人多么幸福

温柔的天平

温柔的天平

雪的钟表

太阳照耀，雪在闪烁并不消融

菲娅仙子在雪的界限上行走

在自己的金光中幻想

响起冰雪奥尔弗斯的声音

我在哪里？很远

玻璃时间在高空闪烁

我是厄运的幸福

疲倦，请到我这儿来

触碰雪的手

天平显露，金子天平

你将忘掉过去的生活

你就像冰块

在太阳下更加明亮

比冬天更虚幻

时间燃烧

时间燃烧

幸福沉默

一切过去，过去

如何能够生活？

你已经忘掉

为什么忧愁

报纸的手

报纸的手

急急地窜向空气

在火焰的球面上

帽子在摇晃

声音和星星

这就是整个幸福——

再一次

和影子的痛苦相会

掉进厕所的冰凉

饱经折磨的日子的面孔

街道仿佛又变得空空荡荡

唯有路灯

在等待黎明

阅读报纸

孩子—国王

在死亡的闪光里

在屋子里安睡

虚弱的手暴露温暖的器官

别苦恼了

别苦恼了，读一读灰尘中的报纸

一切都是谎言

夕光中的春天谈论死亡

而秋天也仍然

在另外的世界里

一切将是拒绝恐惧的

诗人的寒意

又一次掉入灰尘夏天湮没在喧嚣中

在眼泪中生活

我掉入太阳

蚊子绕着烛光飞行

——H. T

我掉入太阳

我将飞翔并消逝

疲乏和幸福

短暂的恐惧

一切都去而不返

一切令人痛心，一切明朗

一切将劳而无功

在另外的世界里

痛苦－厄运

冻结的甜蜜

赤裸的情欲

不在我们的掌握中

我将沉默、鞠躬

生活、变化

一切很快

将脱离我们的视线

放声歌唱吧

放声歌唱吧

不要害怕声音

反正没人听得见

不要掩饰痛苦

你不会发现

你不会忘却

你不会遇见美人儿

你不会爱上那个人

安静，定一定神

在世界的上空

死亡焦急地靠近

旗帜在忧伤

我们将更加匹配

灰蒙蒙的天空

死亡正在靠近

躲开月光

这个声音将毁灭我们

那又怎样，我们将死去

我们如此爱这声音

那里有我们的屋子

我们醉心于声音的毁灭

安宁的金子

安宁的金子

拍岸浪虚弱的喧声

地平线上的旗帜

灼烫的伞

睡吧，倒霉蛋

生活在大海旁流逝

时髦的住别墅者

在此消费它们

这就是一切

死者是轻松的

死者是轻松的——他们不知道

不读信不看报

望着秘密的小船

答复一些声音

消磨死后的辉煌时光

灿烂的时间举起旗帜

在漆黑的石头上空——

是蓝天的河流

不需要幸福

我已忘掉了一切

在炼金术士的高脚杯中

在炼金术士的高脚杯中世界

孕育了向左歪斜的树枝

孕育了亚当与夏娃

永远不朽的蛇

最初的男人和女人歌唱永恒的爱情

再一次在乐队中

重复那奇怪的痛苦

琴弓的振动伴随着命运的荒漠的叹息

还有原罪

返回石头的人不需要思考

你为什么折磨它们

不要去触碰双手托举的脑袋

它将被扔进火焰

那新郎的命运光环之火

灼热，夕光中的命运

灼热，夕光中的命运

灰尘飞向天空

直抵另外的世界

有人在向我们朗读哈姆雷特

仿佛是黑暗中的录音机

在被关闭着的大楼里

有人叫喊，召唤我们返回

星星的怀疑

灿烂的痛苦

恶劣的声音

长久的痛苦

而一切是原罪

一切是笑柄

我们不需要生活

对世界的嘲笑

地狱滚烫的工具

在月亮的映照下安睡

月亮太阳和金色的声音

月亮太阳和金色的声音

没有答复的银色的痛苦

赤裸的冷漠的疼痛

在死亡之上舞蹈的往昔的星星

树枝的闪烁和鲜花的灰尘

出自玫瑰和死亡的肉体的世纪

不可理解的词语的可怕喧嚣

仿佛瀑布从天空扑向大地

可是喘息和等待多令人厌烦

命运再一次在自己的蔚蓝里歌唱

不需要等待，不需要阅读我们

我们只不过是虚幻风暴的尸体

蔚蓝树枝的溺死者

让水流把我们卷回去吧

黑夜的声音

黑夜的声音，倦怠——

钢笔就这样从手中掉落

手就这样从手中掉落

而梦站立起来

目光就这样跌向离别那神圣的声音

一切谈话就这样消失

有什么办法，我的朋友

很快尽管也并不很快

我们将真的能见面

蓝天的玻璃

蓝天的玻璃，骆驼的躁狂

鹞鹰咸涩的悲伤，月亮的火焰

托盘里圣者的头颅

您很早就给我们判定了这一切

我们仅仅是辨认和回忆：

是的，小溪就这样从疲弱的手中流出

有什么不能被晃动的东西掉落

回到痛苦的结局和日落

像砝码一般，灵魂向太阳降落

河水凭借记忆流进黑暗

手儿撕碎了漂亮的衣裳

美丽星星的方队不知道父亲——

卑鄙者的心儿记得这一切

他胆怯地举起了手儿

挨近肩膀，可肩膀上已没有了脑袋

记忆是如此迅速地忘却了幸福

不朽的灵魂摇晃月亮蓝色的水

不朽的灵魂摇晃月亮蓝色的水

春天的火焰在鲜花的清真寺中燃烧起来

日落的玻璃，蓝天的躁狂

报纸神圣的命令

命运的脚髁由金子做成

命运的脚髁由金子做成

肚子——由黎明的晨曦做成

胸膛——由玻璃做成

手——由钢铁做成

它的头颅由去年的报纸切割而成

而眼睛，眼睛向所有的风睁开，

随波逐流的气球向它飘去

还有旗帜，教堂的工具和巨大的

埃及生产的游戏纸牌

然后闭上眼睛，霹雳震响在大地的

上空，那时就像天使，透过飞艇

和妓院的窗口望出去，

意义重大地展示手指。

诗歌突然诞生，一切在雨中喧哗

和哭泣，淋湿街头的海报，街头小溪里的

树叶总是忘记文学的

罪行。

白色的天空

白色的天空，白昼灼热而恐怖

燕子低低地飞翔，灾难临近

心灵死寂而疯狂

倾近梦幻，倾近大地

可是不要害怕跌落

深渊是神圣的

那比众人卑微的人

他最懂得原罪

顺从吧，沉默吧

微笑吧，哭泣吧

推开光线

忘掉自己的恐惧

更低和更高

更远和更近

倾近欣悦的国度

雨的金尘和黄昏

雨的金尘和黄昏

书籍的永恒性

疼痛，心灵的倦怠，信件的寂寞

你都已经了解

怎么的，死去吧，忘掉琐事和痛苦

躲进雨的金尘

或者再度生活下去，不拒绝

逐渐死去，思考，不惧怕

反正你将尽可能说出一切

甚至过多的一切

要知道让另外的世界的灰尘黑黑地

掉落在路上已经足够

没有人懂得他们

唯有这一支歌能给他们刺激

他们感到寂寞，他们不断重复：

哪怕你已经死去

黄昏飞驰

黄昏飞驰，夏天行将结束

灰尘飞向关闭的花园

在白色的汽轮里生活多么奇怪

这是一艘在命运之歌中离去的汽轮

安静，梦的

声音来临

你久久地挣扎

向冰块弯下身子

塔楼在摇晃

世界塌陷

入睡，绝望

凿穿冰块

在黄昏前牺牲

恐怖而快乐

接近永恒

而在神秘的未知里

太阳旋转

一切在转化

你本人也在转化

神圣的空洞的金球

神圣的空洞的金球

滚向永恒——回来，站住

不，我显露永恒的湿润

我书写并再度把稿纸揉成一团

在烛光里

勇敢些，沉默吧

你知道很多

你敬畏上帝

仿佛巨大的塔楼

面对道路

你知道一切

请保守秘密

没有人能杀死她

忘掉她空洞的面孔

合眼吧，安睡吧——

谁因此而感到幸福

谁就是那幽灵

太阳不知道

太阳不知道

它沉默着

永远闪光

永远快速旋转

倘若他开始讲述

姑娘就会倒在地上

诅咒奇迹

犹大一太阳的奇迹

孩子们，沉默吧

你们不需要知道

玩耍吧，生活吧

但要惧怕地狱

强者的虚弱

强者的虚弱——这是关于光线

那非人间的故乡的发现

海洋喇叭的孩子们

压低歌声走下来

转化成冰

一年又一年

石头的心

石头的声音

祈祷的叩击

口头战斗的咯吱声

一切哈哈大笑

一切轰隆轰隆

毁灭一切，希望毁灭

坐落在峰顶的湖泊

坐落在峰顶的湖泊

并不知道峡谷的生活

映照三色堇的夜晚

并不能够帮助任何人

被固定在黄昏的脊背上

湖泊永远思念天空

芦苇在水中默默映现

苦行僧伛偻如老鼠

我整天与云彩交谈

整个金色而空洞的白天

字母在词典里感到寂寞

字母在词典里感到寂寞

黄昏返回到荒漠

消逝并散落成灰烬

云雾升起在残余的世界里

濒危的鸟儿疲倦地

飞入景象深处

垂死的快乐

水藻上的头颅

来到我们的新居

太阳，下坠吧

幸福，等一等

魔法师把黑手合在胸前

在我下面落座

相信或者不相信

相信或者不相信

但在门背后能够听见——

太阳与月亮交谈

秋天与春天接吻

你无法用钟表白色的表面

去测量嗓音的生命

在漆黑的老屋子里

你不要遮掩镜子

在鱼翅扑闪下的河流

依然深不可测

唯有小小的海洋能毁灭

唯有疲弱的心灵能裁判

唯有白色的天空能忘却

那一支关于奇迹的歌

关于奇迹的歌

关于奇迹的歌

忘掉，忘掉

基督，靠近

犹大的胸口

夏天过去

雨水的幽暗

关于自由的梦

而要等待

关于奇迹的歌

忘掉，忘掉

向犹大屈服

做一个犹大

云彩厌倦了飞翔

云彩厌倦了飞翔

河岸厌倦了反映

那些饱历痛苦的人厌倦了等待

厌倦了对声音的理解

黄昏河流更安静

池塘沉入一片冥色

黄昏更靠近世纪

黄昏比以往更安静

山谷赤裸到深夜

但并非现在

孤独的朋友

回忆起我们

星星的眼睛

深渊被点燃

如果能够浸泡

哪怕 一个小时

你们是谁，骄傲的精灵?

你们是谁，骄傲的精灵?

我们是飞升自大地的声音

我们在离别与痛苦的风暴中

旋转

我们报复天空

不，退席吧，忘却吧

去亲吻疲乏的手

再也不要那样了

请你们原谅

你自己原谅吧